河出文庫

うるうる白書
心のコリをほぐそうよ！

TARAKO

河出書房新社

うるうる白書◉もくじ

あたまの〝れーいっ〟

この本を気にしてくれてありがとう。
元気してますか？
ビタミンとってますか？
カルシウムとってますか？
心にはお水をあげてね。
飲みすぎには注意してね。
一部、事実とは異なってしまうかも
しれないこの本の存在、許してね。

指さし確認ふるふると

〝寝坊……〟

なんて恐ろしい響きだろう。心臓を踏みつけるその言葉。時計を見た時のあの凍りつく瞬間……。

その日の朝も「神様お願い状態」だった。

無意識に目覚ましをＯＦＦにして、スーパーマンのごとく空を飛んでいた私は、カーネルサンダースおじさんにチキンを投げられたところで目が覚めた。

そして、寝ぼけた目に映った「ＡＭ10：00」という無情の時刻。

「……うそ……」

もしこれがホントなら、二〇分で用意せねば間に合わない。一〇時三一分の電車に乗らないと遅刻してしまうのだ。

家から駅まで走っても五分。私の足じゃ十分はみておきたいので、やっぱりどう考えてもシャワーをあびてる時間はない。とにかく顔洗って、歯みがいて着がえてジタバタして、急いで部屋を出た。

「さむ〜〜〜」

木枯らしの冷たい朝だった。風が強いから空も澄んでてきれいだ。どんなにあせってる時も、私はかならず一度は空をながめてニマーッとする。それで何もかもHAPPYになってしまう奴だから。便利だよね。

〝それにしても……なんだかなァ……？〟

スースーするのだ。下半身が何やら。その理由は、強い一風があった次の瞬間、血の気のひく音とともに納得できた。

〝スカート、はき忘れた……〟

（おっと、ここでくれぐれも誤解してほしくない点をひとつ。いくらドジな私でも、下着姿でとびだしたりはいたしません。もちろん、ペチコートははいていたし、そう、黒い大きな男物のコートを着てたのがミソだったのですよ。それが敗因だったのです）

〝え〜い、いてまえーっ!!〟

今さらはきに帰る時間などないし、とりあえず人様にみじめなシロモノを見せなきゃよいとして、何はともかく仕事場に急いだ。コートのすそを気にしつつ、風におびえながら、コソコソと何かとんでもない罪を犯しているような気分だった。

そしてスタジオに着いた。今日はアニメのアフレコだ。ナレーションブースにひとりという仕事ならこっそりとコートもぬげるが、今日はそうもいかない。

そんなことしたら仕事も友達も失くしてしまう。

「露出狂のTARAちゃん」にはなりたくない。

しかし……暑い……。ヒーターばっちりのスタジオの中で、ひとり黒いコートにくるまる私って、いったい……。

「TARAちゃん、カゼェ？」

「え？……あっははっまぁ、はいっ……ははは」

コートをばさっと思いきり広げて、ヘンタイおじさんのように笑ったらうけるかなァ、などと思いはじめてる自分が怖かった……。

「熱あるの？　大丈夫？」

「あっぜんぜん平気ですっ。アハハハ……」

ごまかせどォ、汗は出る出る法隆寺ィ。それも冷汗とマジの汗。チャンポンは体によくない。

〝やせるかもしれない!!〟

握りこぶしで笑う私の目の前で、さし入れのお菓子たちがおいでおいでしていた。

〝……やっぱ無理かもしれない……〟

人間素直が一番と、お菓子をほおばりながらうなずく私は、デブへの道をまっしぐら。

「おつかれさまでしたーっ」

とりあえず無事にその場は終わり、黒コートの女は新宿の町へとくりだした。

次の仕事までの空き時間を利用して、スカートを買いに行ったのだ。

外の寒さが心地よかった。木枯らしがチャンポン汗をふきとってくれた。

わりと気に入った服の多いいつもの店に入り、ババーッと合いそうなのを探したが見つからなかったので、適当にその辺のサイズが合うのを手にとり、とにかく試着した。

「?」も感じたが、時間もないので、とりあえずそれに決めて、

「これ、はいて行きますからー」

と言ってお金を払った。何でもいい。とにかくスカートが存在していればいいのだ。

安堵《あんど》の笑みがこぼれた。そして、店員さんがそれに答えるようなやさしい笑顔で、私に言った。

「じゃ、お客様。おはきになっていたスカート、お包みいたしますね」

〝――え――?〟

ニコニコッ♡

〝……ニコニコって……あの……そうでなくて……〟

「ないよっ、スカート」

「え〰〰っ!?」

そんな会話、できるわきゃないさね。

再び汗が私をおそった。そしてそれが、私にひとつのアイディアをくれたのだ。

「……お客様?　あの……」

「私っ、カゼひいてるんです。だから、スカート二枚はいていきますっ。ハイッ♡」

〝完璧だ……。これですべてはＯＫだ。私はやりとげたのだ!〟

しかし、悔いのない気持ちでレジを後にした私の背中に、店員さんのつぶやきがヤリとなってつきささった。

「ヘンな人……」

自己嫌悪とチャンポンの汗と心痛のため、次の日にほんもののカゼで熱を出したおマヌケさんは、それ以来、外出の時は必ず、

「スカート、よしっ！」

肩をふるふるさせて、指さし確認しているそうな。

めでたしめでたし♡

あなたに会えてよかった

『みなみりんかん』

何度見てもそれに変わりはなかった。

『んかんりみなみ』

〝逆さから読んだらそうなるなァ〟などと、お茶目なことしてる余裕など、その時の私にはなかったのだ。なぜならそこは、『みなみりんかん』だったのだから……。

「うそ！」「どーしよー」「こまったなー」

ホントに素直に出てきた言葉。

「……私って、バカ……」

最終電車の一本前に乗れて、ラッキーなどと思ってたのもつかの間、〝居眠り〟という名の悪魔が待ち受けていたとも知らず、さぁどーしよー状態にはまってしまってワンワンワワン。イヌのおまわりさんでもいい。助けてほしかった。ホームの中に、いつまでもいるわけにはいかないので、とりあえず外に出て電話を探した。

タクシー乗り場は長蛇の列。飲み屋ですっかりおケラになってしまった私には縁のない世界。さしずめ庄屋様とでっちどん。

おっ、こんなこと考えるたあ、ちっとは余裕がでてきたかなァ、なんて微笑んではみたものの、たよりの友達は留守だった。唯一車を持ってる奴だったのに。

「もう『アドト』のツナトーストおごってあげない……」

私にそこまで決意をさせたKさん、お元気ですか？　私はこんなに強く生きてます。『アドト』のツナトーストは絶品だったね。うん。

ブーメラン。（ＴＡＲＡ風・話をもとにもどします、の意）

夜の夜中にたったひとり、見知らぬ土地でお金もなく、どうすりゃいいのさこの私。

「おねえちゃん、ねェ」

来た！　あぶなさそうなおじさん！　夜なのにサングラスかけて、手には汚れた軍手……。

「おねえちゃんひとり？　誰か待ってんの？」

「い、いえ、誰も待ってません」

私のバカ！　それじゃまるで、私はひとりよどうにでもしてちょうだい、と言ってるようなものではないか！

「何？　どこまで行くのォ？」

「こ、狛江《こまえ》です」

あ〜〜〜〜、正直に答えてしまう自分が情けない。

「あっそう、じゃいいよ、乗って行きな」

「あっはあ、……え？　えっ⁉」

「方向いっしょ。その車だから」

おじさんの指の先には一台の白いベンツ！……ってくらいすばらしく見えた日産のサニー。

「あっあの、いいんですか？　私、その……」

とまどう私に、なまはげのような笑顔を投げかけてくれたおじさん。この人って、いい人だったんだ。うす汚れた軍手が光って見える。ただのあぶないおじさんだと思ってた自分が恥ずかしい。ごめんね、おじさん♡

「なんてラッキー♡」心の中で、チャチャチャ、うっ！　と手をたたいて車のドアを開けた。

「あっ、どうもすみません！」急いで閉めた。

〝……人が乗ってるよ。ふたりも。車、間違えちゃったかなァ……〟

「なんだよおねえちゃん。早く乗んな」

なまはげおじさんがもどってきた。メガネをかけたサラリーマン風の男性も一緒だった。

「おねえちゃんうしろねェ、はい出発するよォ。まったく今日は寒いからねェ」

おじさんはパッと運転席に乗りこむと、勢いよくドアを閉めた。私は何が何だかわからないまま、とりあえず後ろのドアを開けて、おそるおそるＯＬさん風の女性の横に座った。

「あ、どうも、失礼します」

あいそ笑いもひきつったまま。そんな私の不安をものともせず、車は南林間の駅をあとにした。

〟……ま、いいじゃん♡　とにかく帰れるんだ♡〟

さっきまでの心配もすぐにブッとんで、私はルンルンと外の景色を目で追っていた。そのうち、こりもせずまた、居眠りをしてしまった。

フッと目覚めた時には、助手席にいたはずのサラリーマンさんの姿はなかった。〝あぁ、もう降りちゃったんだァ〟

そしてすぐ、車は止まり、今度は一番初めに車に乗っていたＯＬさん風の女性と、そのむこうに座ってた若い男の人が一緒に降りた。

〝あぁ、カップルだったのネ〟

なるほどーとうなずいて、ニコニコしてた矢先、私の頭に一〇〇トンくらいの石がのっかったのである。ナ、ナント、女性が五〇〇〇円札をだして、なまはげおじさんに渡しているではありませんか!!

「おっ、気ィつけてな、どーもォ」

おじさんは、あたり前のようにそれを受けとってポケットにしまった。

「あの、スミマ……セン……」

「おねえちゃん、もうすぐ狛江だよ。どの辺がいいのォ?」

「あ、いえあの、市役所のとこで……」

「あいよっ、市役所ね」

……胸はドキドキ、冷や汗タラタラ。

〝どうしよう、お金払うんだ。タダじゃないんだ。どうしようっ……!!〟

家に帰っても三〇〇〇円くらいしかない……。友達もビンボー人ばっかりだ。世の中右をむいても左をむいても真暗闇じゃありやせんか。〝こうなったら、何か現金にかわるものを……〟

……ミッキーマウスの時計や、原宿で買ったイヤリングを渡してどうなるっちゅうのか……!!

「ついたよ、おねえちゃん」

「あ、あは、はいはい、どうもォ……」

〝もうダメだ――〟目頭がじわっと熱くなった。

〝世の中そんなに甘くない。神様、私が悪かったです。ゴメンナサイ〟

「おねえちゃん、どしたの？　ついたよ」

なまはげおじさんの顔が涙で見えない。

「ありゃあ、何泣いてんのォ？　どしたの？」

……私は素直に、お金がないことをうちあけた。そしてひたすらあやまった。

「ホントにごめんなさい。……ふ、ふい〜ん」

このあとくるであろう、おじさんの鬼のような顔を想像すると、どうしても涙がとまらないのだ。

「――おねえちゃあん!!」

来たっ!!　ぶっちゃやだー!!

「泣かないでよォ。しょうがねえなあ。いいから早く降りな」

……え？

「おねえちゃんの分も他からもらってっから、今日のとこはいいよ。早く帰って寝な」

「あ、あの、でも……」

「でもなァおねえちゃん、世の中俺みたいにいい奴ばっかりじゃねえから、これからは気をつけなよ、ほいほいって知らない人の車なんか乗っちゃダメよォ」

……なまはげのような笑顔だ。この上なくやさしい笑顔だ。

「はっ、はい!!　ありがとうございました!!」

ぐちゃぐちゃの顔をこすりながら車から降りた私は、おじさんの車が消えるまで手をふりつづけた。いつまでもいつまでも……。

翌日、友達にそのことを話したら、

「あんたそれ、白タクって言うんだよ」

って言われて、初めてその存在を知った。

そしてその次の日、どうしてもおじさんにお礼が言いたくて、おせんべいをひと箱買って、南林間の駅まで行った。

しかし、待てどくらせどおじさんは来なかった。白いサニーもなかった。あれは、真冬の夜の夢だったのか……。

〝おじさん、あなたに会えてよかった〟

心の中でひとりそうつぶやき、南林間のホームにたたずんでいた私は、ある重大なことに気づいてしまったのだ。

〝白タクが昼間いるわけない……〟

そうなのだ。かといってまたあの時間にここに来るには、タクシー代というものが必要なのだ。ビンボー暮らしの私には、そんなお金はない。まるでロミオとジュリエット。

「さよなら……おじさん……」

木枯らしにフッとつぶやく私であった……。

それが大事

朝起きたらウニになっていた。

体がどよ〜んと重くて、目もりっぱに小さくて、これ以上なく顔がはれてた。はれてる、というよりは、むくんでいたのだ、プクプクと。

〝これ……何？〟

頰に、どことなーくスリ傷っぽいものがあって、鼻の頭は赤い。こんな顔、たとえ一〇〇万円もらっても人様には見せたくない。まして、好きな人なんかに見られた日にゃあ、らっきょう食べるよりつらい。でもどうして？　なぜ？

しかもここはどこ？　私の家じゃない!!

「あ、起きたァ？　おはよう」

友人A子だ。そっか、彼女の部屋だったんだ。とりあえずホッと胸をなでおろしたものの、この顔はなぜなのか、一番大事なことをさっそく聞いてみようと声を出そうとしたが、な、なんと声が出ない。

「あ……う〰〰〰」

超ハスキーボイスだよ。いったいなんだなんだ、どーしたんだよーとうるうる目でパニクリパニクラヤンヤヤンヤヤンしてたら、

「あっ、飲みすぎだよねー、まったくー」

はっはっと笑われてしまった。え？　お酒？

「……!!」

「あーんなに飲むんだもん。大変だったんだから。アパートの階段で転ぶし、おっきな声で歌いまくるしっ。ははっ♡」

……ははっ♡　と言われても、私にはこれっぽっちも記憶がない。〝えーと、

あの店で飲んでそれから……えーと……〟

「Tさんなぐっちゃうしー」

「!?　うぞ——!?」

「ホントだよォ。ま、あれはあっちが悪いんだけどさ。むこうも酔っててあんたにせまっちゃったからね、それはいいよ」

——よくない（当時私は、そのTさんという人に少々ホの字だったのです）。

もう、きっと嫌われちゃった、もう会えない。この恋も酒乱と共に去りぬ……。

とりあえず顔を洗おうと思い、洗面所に行き水に触れた瞬間、

「うぉ————!!」

声なき声を発したのも無理はない。無理もないけどもっと大切なものがないのだ。

「ゆびわ————!!」

そう。少ないおこづかいをためて買った、プチダイヤのついた18Kの指輪。

その頃の私には、清水の舞台を思いっきりジャンプしてとびおりるほどの決心で買った大切な指輪が、右手の薬指から消えているのだ。顔なんか気にしている場合ではない。

「A゛ー子ーっゆびわじらないーっ!?」（読みにくくてスミマセン）半ベソ顔でワラにしがみつく心の私に、とどめをさす彼女のひと言。

「Y子にあげてたじゃん」

「Y子にあげてたじゃん」

「………………じゃん　じゃん　じゃん」

人力エコーで遊んでみました。

――（気まずい沈黙）――

「……え!?」（゛はこれで終わりにします）

「やだなー、自分であげたんだよー。Y子がいいなァってほめたら、んじゃあげるーって指からスポッとぬいてさ。私、後悔するよーって思ったもんねェ」

思ったんならそん時言ってくれー!!　ひっぱたいてでも止めてくれー!!　それが、それが友情ってものじゃあないのかい!?　えェ!?　あーた、何とか言っとくれよって言わなきゃいけないのは私だよっ、ホントに。

「あ……そうね」

他に何を言えばよいのさ。すべては酔っぱらっちゃった自分がいけないのさ。それにしても、なぜこんなになるほど飲んじゃったのかわからない。思い出せない。酔う前の出来事だから覚えていてもいいはずなのに。

「気前いいよね、お金ないのに。でも知らないよー、あとどうするの?」

はい?　それってそれって、もしかしてもしかしてと、そのまさかを否定しながら、いとしのパンダのお財布の中を開けてビックリ、あらあらかしこ。バイト代、半分ない。まさかこれまでY子に……なんてバカなこと、さすがの私も思わない。ようするに、太っ腹しちゃったわけだね。ははっははーっ。

それから三日。学校に行く電車賃にさえも悩む日がつづき、お酒のさの字も口にしなかった。

あれは悪夢だ。悪魔が来たりて笛を吹いたのだ。もう二度と失敗はくりかえすまい、そう心に誓ったあくる日のこと、

「おごるよー飲もー♡」

指輪をあげたＹ子からの誘いである。断わるわけはないのです。「闘魂」のふた文字を心に刻みつけ、夜の新宿へと出向いていきました。

〝ごめんね、あの指輪、じつは……〟なーんて言うのもイヤだな。一度あげちゃったのを返してもらうなんてね。――ん、ま、いっか。その分いっぱい食べちゃおう。

「遅れてごめんねー」

と、あれ？　Ｙ子もまだ来てない。仕方ないから待ってよ、と思って席についたらすぐ、Ｙ子がニコニコはいってきた。彼氏づれで。

「待ったー？　道混んじゃって、ごめんねェ」

「ううん、今来たとこだから……。あの、私一緒でいいのかな？　デートでしょ？」

「いいのいいの♡……ねっ？」

Y子が彼氏に視線をうながした。いぶかしげに私を見てた彼が、ポケットから何かをとり出し、私にさし出して見せた。

「これ、君の？」

指輪である。Y子にあげたはずの、頬ずりしたくなるよな可愛い指輪が目の前にあった。

「あっ、はい。私の……ですが、Y子にあげちゃった……みたいで、はは」

彼氏の顔がちょっとだけやさしくなった。いったい何なんだか、Y子に目でうったえたら、

「もう疑っちゃってェ、大変だったんだから。誰にもらったか言えって。女友

達だって言っても信じないんだもん。それでね、じゃ会わせるってことでね」
Y子は彼の手から指輪をとると、私にそっと返した。と、そのY子の指には、もっと大きなダイヤのついた指輪が光っていた。
「買ってくれちゃった♡　俺がもっといいやつやるって。だから返すよ、さんきゅ」

〝――――ドラマみたい――――〟

よくわかんないけど、これってきっとラッキーなんだな、うん。あ、よかった♡
……でも何か、大切な、もっと根本的に反省しなければいけない何かを忘れていることを、十八歳の私は知るよしもなかったのです。
どうして、なぜこういうことになったのか、そこんところをひとつ。ねっ♡

ぼくたちの失敗

その日、A子はご機嫌だった。わずかではあるが、もらいたてホッカホカのバイト代をポケットに入れて、さあどうしよう何を買おうと、新宿の街をブラブラしていた。

おしゃれしたい年頃だし、ここはやはり洋服でもと、三越のそばまで来た時、

「ね、彼女ォ」

〝え？　私？〟A子はまわりを見渡した。

「そこの彼女、ねェアンタだよォ」

A子はムッとした。彼女は人から「アンタ」と呼ばれるのが死ぬほど嫌いな

のだ。プンッと無視して歩きはじめると、その男が追いかけてきて肩をたたいた。

「ちょっと待ってェ！　ねェ、ちょおっといいかな？　べつに怪しいもんじゃないしィ」

〝充分怪しい……〟A子は思った。肩におく手に光る指輪。ハデなシャツ。いったいこの人は何者なのか……。

「私、急いでますから、スミマセン」

このひと言が言えない自分が、A子は情けなかった。〝しょうがない、ここで会ったのも何かの縁かもしれない〟A子は小さな声で、

「何ですか？」

と聞いた。

志村けんさん風に言えば楽しかったのだが、その時のA子にはそこまでお茶目になれる余裕はなかった。

「あのさァ、彼女ってさ～あ」

〝……わかったからその納豆みたいにねばる語尾どうにかしてよ……〟A子は心で頼んだ。

「映画好きィ？　好きだよね～えきっと」

〝きめつけちゃってる、好きだけど〟

「それでね～え、いいもんがあるんだけどォ」

割引券でもくれるのかとA子は思ったが、それにしてはまわりくどい言い方がひっかかっていた。油断はできない。

「買わないィ？　これさァ♡」

〝え？〟

ピラピラと目の前に出されたチケットの束。目を点にしたままのA子に対し、納豆語尾男の、ようしゃない攻撃がはじまった！

「このチケットで～え、どっこの映画館でも観れちゃうのよォスゴイでしょお!?　共通券って言うんだよね、うん。普通はさー、一〇枚コンビなんだけどォ、彼女特別にサービスしちゃって、一枚おまけ！　ね!?　一一枚でさァ、五〇〇〇円！　五〇〇〇円だよォ安いよォ絶対得だよホントにさァ。あっ!!　あ〜その目ェ、わーかーったっ！　疑ってんでしょ〜もーしょーがないなァまっムリないけどねェ、こんなおいしい話、普通信じないもんねっうんっ信じないよハハッでーもーさァ、俺もびっくりしたんだよォ。だってホントにこれで観れちゃうんだもんホーンートーにっハハハッ」

点になってるA子の目に、納豆男の白く光る歯が映った。その迫力もさることながら、どことなーく憎めない雰囲気を持っている彼に、A子の心は動かされていた。

〝悪い人じゃないかもしれない……。こんなに一生懸命なんだもの。うん、占いではラッキーな日になってたし、たしかに、得よね、うん、得だわ〟

A子は自分に言いきかせていた。

「あっ、もしさァ、これがダメでェ、インチキねー金返せーなんてことが万が一でもあったらさァ、まァナイけどォ、そしたらここにTELしてよ、ね〜」

ちっちゃな紙に電話番号らしきものが書いてある。しかしA子はまだ、買うとは言っていない。

「はい。五〇〇〇円でいいからねェ、五〇〇〇円ン」

いつのまにかA子の手の中には、チケット束とその紙が握らされていた。

〝うまい……この人は商売がうまい……!!〟

A子はなぜか感心していた。

「これ、数に限りがあってさァ、もったいなくてねェ、可愛い子見つけた時にしか売ってないんだァ、だからここだけの話ね〜」

〝可愛い子〟のひと言で、A子の給料袋はスンナリと開かれた。

「あっ、わり〜ね」

給料袋から一大決心でとり出した五〇〇〇円札を、いとも簡単にあっさりと受けとると、納豆男は足早に消えていった。

〝ラッキーだな♡　来週の休み、さっそく使っちゃおーっと♡　何観ようかな、楽しみだな♡　ハシゴなんかもできちゃうよん♡〟

A子は足どり軽く駅へと歩いていった。


――そして一週間――


誘った友達が急用のため、ひとりで映画を観ることになったA子は、いつものように窓口にはよらず、そのまま入口の方へむかい、例の㊙チケットをパッと出し、中へはいろうとした。と、その時、A子の背中をポンとたたいて、受付のお姉さんは、ひと言いった。

「お客さん、困ります」

〝え？　何が？〟A子は意味がわからなかった。

「これじゃダメなの。ちゃんとチケット買ってきて下さいね」

〝買ったよ……納豆男から〟A子はのどまで出かかった。

「多いのよ、こういうのにだまされる人って。これで映画観れるよとか言って
お金だましとられちゃうのよね。うちも何人か来たもの。気の毒なんだけどね、
ホントに」

「あ……これ、ですか……？」

「そう、使えないわよ、うちだけじゃなくてどこの映画館でもね、ホント残念
だけど」

「あー、そうなんですか」

「これからは気をつけなさいね。いろんな悪い人がいるからねェ、東京は」

〝……これって……これって……〟

A子の頭は思いっきりパニック状態だった。

「あ、はじまっちゃうから、映画。チケット、上の窓口で売ってるからね」

〝……わかってます。どうして今コメディ観る気分になれましょうか？〟

A子の魂の叫びである。涙なくては語れない。

A子はチケットと一緒に渡された紙をポケットから出し、怒りの行方を探るように受話器をとりダイヤルを回した。

「あ……！」

……嘘いつわりなく、それはリカちゃんの声だった。わー♡　お話しできてうれしいわー♡　と笑ってふるえるA子がそこにいた。

ちなみに、友人S美は、玄関でねばりつづけたおじさんの熱意に負け、超高級羽毛布団をローンで、H美は、子供の手をひき赤ちゃんをおぶり、ヨレヨレ髪で部屋を訪ねてきた見知らぬおばさんの姿に涙し、聖書を二冊も買っている。

その話を耳にしたA子は、ため息をつきながら、

〝いいな、使えるもので……〟

そっとつぶやいた。

スター誕生

ＴＡＲＡＫＯはたらこが苦手だ。べつに〝ともぐーい〟になるからとか、そんなお茶目な理由からではない。前はけっこう好きで食べていたのだ。そう、あの日までは……。

静岡のＳという小さなライヴハウスで、私はお客さんから、おにぎりをもらった。

「ＴＡＲＡＫＯさん。これ、私ずーっとあたためてました。食べて下さい」

なんかとてもうれしくて、

「ありがとう。あとでいただくね」

私は喜んでそれを受けとった。


そしてそのおにぎりを抱きしめて、私はKマネージャーとふたり、名古屋へとむかった。夜のうちに移動しておくと、その次の朝が楽だからだ。ギターと荷物をかかえて、駅前のFホテルにチェックインした。

部屋にはいってボーッとしてたら、少しお腹がすいてきたので、さっそく、静岡でもらったおにぎりを食べようと思った。

「いっただっきまーす♡」

マネージャーにかくれてひとりで食べるおにぎりの味はまた格別だ。指の先と唇にノリをつけながら、ひとつペロッとたいらげてしまった。うふふん♡

「中身はタラコ。ともぐいでっすー♡」

人が聞いたらなんだと思うようなひとり言を口にして、ささやかな夜食タイムは終わった。

明日のライヴの準備はＯＫ。あとはぐっすり眠るだけ。

はい、おやすみなさい。


――そして、四時間後。時計の針は午前三時四〇分を指していた。

「……お腹が……痛い……」

私はすぐ化粧室にかけこみ、ハッ、ピ、ー、リ、タ、ー、ン、し、てしまった（吐いちまうことだぜ。お食事中の方ごめんくさい☆）。

「ぐるじ～～～～～～」

胃の痛みは消えない。それどころか、ますますつらくなってきた。ガマの油じゃないけど、汗もタラリ……。横になっていても、思わずのたうちまわってしまう。

「ふい～～～～～～～ん」

またも化粧室にとびこみ、今度は上から下から、いてまえや〜となってしまった。

「なんじゃこりゃあ〜!!」

松田優作のマネではない。ほんとうに苦しかったのだよ。

こんな遅い時間に申しわけないとは思いつつ、私はマネージャーの部屋に電話をした。

「……もしもし〜〜〜〜」

「……もしもし、TARA?」

「あの〜〜〜〜〜、お腹痛いんですけど〜〜〜〜〜」

「あ〜?……胃薬いる?　持っていこうか?」

「お願いします〜〜〜〜」

ゼーハーゼーハーの状態で受話器を置き、またも来ようとしている痛みのビッグウェーブにびびりつつ、私はひたすら、天使が来るのを待っていた。

〝コンコン〟ノックの音だ！

「サ○○ンだよ、これ効くよー」

「ありがとごぜます〰〰〰」

ホントにKマネージャーが天使に見えた。

私は即、薬を口にふくむと、そのままベッドに横になり、痛みがおさまるのを待った。

……それから一五分……。地獄のような苦しみに耐えきれず、またも化粧室でハッピーリターン。それも真緑色なの。薬が効かないの。さわやかな緑の風なんて大っ嫌いだー。

「……もしもし……」

救急車をたのんだ。初めは冗談っぽく聞いてたKマネージャーも、いつものボケとツッコミのないタレントとの会話に異変を感じ、即座にフロントに連絡してくれたのである。

そして、一〇～一五分くらいたって、ウルトラ警備隊はやって来た。もとい、救急隊員さんはやって来た。

浴衣を着がえる余裕もなかった私は、多少恥ずかしさを感じていたが、それを上回る胃の痛みが私を大胆にさせていた。

「痛いよ——!!」

子供にかえっていた。

「はい。名前は？」

「痛いよ——!!」

「わかったから名前は？」

怖いくらい冷静である。

「た……たらこ……」

「ふざけてないで。名前は？」

「う……」

小さな声で本名を言った。

「どこが痛いの？」

……お腹をおさえてて頭痛とは言わない。

「胃が……痛い……」

「はい。じゃ病院に行くけど、着替えは？」

「んーんー!!」

私はぶんぶん首を横にふった。

「じゃ、……このままでいっか」

もしここで服に着替えろなどと言われたら、私は一生このおっちゃんを恨むことになったであろう。あーよかったね。

イスみたいな担架に乗せられ、さっそく救急車の中に運ばれた私は、生まれて初めての経験に、ほんの少しのヒロイン気分を味わっていた。

うるうる目で苦しむ私の耳に、Ｋマネージャーのさわやかなはしゃぎ声がこだました。

「わ〜、ねェＴＡＲＡ、信号も無視してるよー、早いよ早いよー、ねェねェ」

〝あっ、そうなの♡　よかったですねー〟

……そうなずいてあげたかった……。


病院について、お医者さんに診てもらったら、

「何か悪いもの、食べたんだあねェ」

そう言われて頭にうかんだのは、あの愛情たっぷりさし入れ、たらこおにぎり……。

「あったかいとこであっためといたら、そりゃ悪くなっちゃうよねェ、はっはっは」

すべて話した私の横で、Ｋマネージャーがポツリ。

「またかくれて食べたりするからだよ」

その通りです。私は何も言えましぇん。

次の日のライヴは、そんなこんなでファンの子たちに事情を話して、〝お話し会〟という形でやることになった。

みんな心配してくれて、ホント申しわけないなァと思ったのだけど、二時間唄うのはちょっと無理っぽかったので、その日はごめんなさいしてしまった。

そして、ＴＡＲＡの唄のかわりといっちゃあなんですが、うちのＫマネージャーが、初めてステージにたってくれた。タレントのピンチを救ってくれたのだ。

私は心から感謝した。お客さんといいスタッフといい、ほんとうに私は恵まれているなァと実感した……。

それから何年か後――。四谷のKというライヴハウスで、一大イベントが行なわれていた。

『TARAKOとマッキーの、あなたと会えればお友達♡』

マッキーは赤いバンダナに汗をにじませ、『人間なんて』をシャウトする。

「みんなァ、のってるか～～～い？」

「イエ～～～イッ!!」

このマッキーなる人が、Kマネージャーと同一人物だということは、言うまでもない明らかな事実である。

スポットライトは……罪ね……。

東へ西へ

電車の中ってスゴイと思う。

とくに満員電車はハンパじゃなく怖い。だって、全然知らない人たちが、お互いの肩でハッケヨイノコッタしたりカバン持つ手でラリアートしたり、まるでゆれる移動格闘技場だね。

女性もいざとなると強いなァ。ハイヒールという掟《おきて》破りの武器がモノをいう。あと、ソバージュヘア顔うずめ攻撃。これは強力なのよ。ましてや、いつシャンプーしてんのかなァ的な髪にぶつかった日にゃあ、しぇぇぇいと顔をかきむしりたくなる。決してそばによりたくない。

きつめの香水もポマードのにおいもライバルを威嚇するには充分だ。この世界は君たちのものだよーとグリコのポーズで言ってあげたい。ホントに、満員電車ってあきないなァ。

あれはたしか、中央線の電車だったかな。高円寺から新宿までのわずかな時間、私はひとりの男性に視線を奪われたままだった。その人は、私のむかい側に座っていた。大学生……くらいかな。

七三の髪に、普通のトレーナーにジーパン。べつに、その髪が、リカちゃんの初めのボーイフレンドのワタル君に似てたからとか、トレーナーの胸の絵がケンケンもどきだったからとか、ソックスの白がまぶしかったからとか、そんな理由で見入ってたわけではないのだ。私はずっと、彼の「顔」を見ていた。

〝そんなに美形なの〟とかそういうのでもない。

正確に言うと、彼の「表情」を見ていたのだ。

その微妙な変化の原因は、すべて彼の右肩にあった。乗ってるのよ、肩に。

何が？　って、チワワとか猿のジロウ君ならまだいいけど、いかにも人生なめから見ているような存在感あふるるごっつい方の、しびれるような寝顔がしっかりと。それも地鳴りばりのいびきとともに。いや〜響く響く。

最初はね、知り合い同士なのかなと思ったのだけど、どうも違うみたいで、きっと彼は心の中で、

〝誰でもいい。助けてほしい〟

と願いつづけていたのでしょう。

え？　降りちゃえばいいじゃないかって？　私も初めはそう思ったの。でもね、きっと彼はこう考えていたのではないかしら。

〝これだけ重心がこっちにかたむいているということは、当然僕がどけばこの人はそのままたおれるだろう。しかし、この鉄パイプに頭をぶつけて目がさめて、「ばかやろう。人が気持ちよく寝てるのに、なんでどきやがるんだー」なんて追いかけてきたらどうしよう。一生つきまとわれて、おー医者代よこせよ

ー、なんて言われつづけたらどうしよう。田舎にいるおやじやおふくろにまで手がまわったら……〃

そこまで考えていたかどうかは知らないが、まァとにかくそういうような心配が、降りたい気持ちをおさえていたのではないだろうか。うんうん。

「次は〜ひがしなかの〜ひがしなかの〜」

彼の顔が変わった。きっと次の東中野で降りたいにちがいない。組んでいた足を降ろして貧乏ゆすりをはじめた。心なしか目がうるんでいる。バッグを持つ手に力が入る。ゴールはすぐそこだ！　さあ、勇気を出して!!

「ひがしなかの〜ひがしなかの〜」

彼が唇をかみしめて、右肩にある物体に手をあてようとした瞬間、

「……んだァ、おい」

彼の顔が凍りついた。即左手をひっこめて様子を伺っていると、その物体はムニャムニャ口を動かして、また鼻を鳴らしはじめた。

〝寝言だったんだ……ああビックリした〟

思わずアフレコしたくなるよな彼の安堵の笑みも、ドアが閉まる音とともに絶望の表情に変わった。

「次は〜おおくぼ〜おおくぼ〜」

〝ま、ひと駅くらいいっか。最悪新宿で降りてもいいや。きっとこの人も歌舞伎町あたりに行くんだろうからさ。もう少しの辛抱だ〟

また勝手にアフレコさせていただきました。

「しんじゅく〜しんじゅく〜……」

物体は起きない。そろそろ私も降りねばならない。見届けたかったのに……。

そしてドアが閉まる。電車はどんどん遠ざかってゆく。『千葉行き』の電車が……。

〝せめて船橋あたりで降りられるといいね〟

小さくなってゆく電車を見送りながら、私はそう祈った。それはきっとそのまま、彼の心の叫びであるにちがいない。

そして彼はきっと、誓ったことだろう。もうどんなにすいている時でも、決してイスには座るまい……と。

お世話になりました

「こんにちはー、お世話になります」

タクシーに乗る時、私はこう言う。べつに注文とりの三河屋さんのマネではなく、最低限の挨拶かなァと思うから。

友達に言わせると、そんなこと恥ずかしくて言えないということだけど、そんなもんかな？　私がヘンなのかな？

でも、運転手さんもいろんなお客さん乗せてるからね。ひとりくらいこういう奴がいてもいいやね、うん。

「こんにちはー」

「はい、こんにちは」

「お世話になります」

「はいはい。喜んでお世話しちゃうよー」

こんな運転手さんもいたよ。いきなりノリがよくって元気があって、思わず私も顔がほころんだので五針ほどぬいましたとさ。

「どこまでお世話すればいいのかなァ？」

「あ、芝公園までお世話して下さい」

……つられた……。

「あっ、いえ、芝公園までお願いします」

「お願いされちゃあ、イヤとは言えないねー」

「あっ、あの高速がすいてたら、乗っちゃっていただけますか？」

「乗っちゃう乗っちゃう、どこだって乗っちゃうよー。東京タワーのてっぺんまでのぼっちゃおーかー」

〝ホントですね?〟そう言いたかった。

「すいてるね、OK、OK。そんじゃ、ターッととばしていくからねー、つかまっててよっ」

ブォンとエンジンの音が響いて、いきなりスピードが出たと思ったら、前のミラー越しに見える運転手のおじさんの顔が変わった。

〝り、りりしい!〟

心なしか、眉毛があがったように見える。日曜日の午前中で道もすいている。おじさんは、水をえた魚のごとく目をキラキラさせて、華麗なハンドルさばきを見せている。完全におじさんの世界だ。さっきまでの軽いジョークはどこへいってしまったのか……おじさん!

渋谷、高樹町出入口とスムーズに来て、もう少しで出口というところで、ちょっとした渋滞になった。スピードが急におちて、チンタラ走りになったところで、またさっきの軽い口調がかえってきた。

「あーと少しだってのにねェ、まったく気がきかない車たちだよ。新記録達成できなかったね、あーくやしい」
お茶目なおじさん♡　芝公園まで、たしかにお世話してくれてありがとでした♡

「こんにちはーお世話になります」

「はい、どちらまで」

「護国寺のKレコードまでお願いします」

若い運転手さんだ。なんか初々《ういうい》しい。

「あっ、あの」

「はい？」

「僕、今日でまだ三日目なんですけど、その……どうやって行ったらいいか教えてもらえませんか？」

「あ、はァ。……あの、私もいつも運転手さんまかせなもんですから、ゴメンナサイ、くわしい道はちょっと……」

「あ、じゃ、とりあえず高速乗りましょう。そいで護国寺で降りれば何とかなりますよね」

「あ、そう、ですけど……」

『谷町―三軒茶屋　渋滞六キロ』

私の目には、しっかりとその電光掲示板の文字がやきついていた。

「あの、渋滞みたいですけど……」

「大丈夫、大丈夫。乗りましょう！」

青年運転手はさっさと上がっていった。あら、いきなり混んでる、混んでる。

「ま、事故じゃないですから、少しずつは動きますよ。あーよかった。地図とか持ってないし」

私は黙って聞いていた。

「しっかしたまりませんよね、この仕事。けっこうハードなんですよ。給料も思ったよりよくないし。お客さんみたいな若い子とかばっかりだったらやる気もおこるんだけどな」

とにかく黙って聞いていた。

「ねェねェ彼氏とかいるの？　なんとかレコードとかって言ったけど、もしかして歌手の卵？　ねェ〜、ああいう世界ってさァ、売れるためには何だってやるって、ホントー？」

ひたすら黙って聞いていた。

「あ、黙ってるってことは、もしかしてそういういけないこと、もうしちゃってたりして。まーいったなァへへへッ」

私はバッグの中からウォークマンをとり出した。

「楽しみなんて何にもないからねェ今は。そーいったこととか……」

堪忍袋の緒が切れる前に、好きな音楽でも聴こうと思い、ＰＬＡＹのスイッチをおしたのはいいけど、流れてきたのは、吉幾三さん『雪國』。

〝シブすぎるかもしれない……〟

心にしみ入る様な唄声。今のイライラした気分を静めるにはいいだろうと、私はそのまま目を閉じて聴きつづけた。

〝この世界だよなァ……〟

高速が混んでいようが運転手がアホだろうが、そんなことがいったいなんだというの。こういう豊かな曲に身をまかせ、心にゆとりを持とうではないか、うん。

一曲聴きおわってからイヤホーンをはずしたら、また青年のしゃべり声が聞こえてきた。怒ってはいけない。彼もきっと悪気などないのだから。

「……にしても今夜はどーすっかなア。さぼって居眠りはいいとして……ねェお客さん、いい子のいる店知らない？　いや〜冗談っすけどねェ。あ、なんだったらお客さんでもいいや。なんとかレコード終わったら行かない？　いいとこ知ってっから、いやべつに……」

私はまた、イヤホーンをつけてスイッチを入れた。『雪國』を聴くしかない。それにしても、いくら好きな曲とはいえ、三十分テープ丸々『雪國』ばかり入れたのはちょっとつらかったかもしれない……。

そうこうしているうちに護国寺についた。すでに五分も遅れている。もう迷子になってる余裕などない。出口を降りて、少し走ったところで青年運転手に言った。

「駅のそばなんですけど」

「ああ、じゃ聞いてみましょうねェ」

そう言いながら、いっこうに車を止める気配がない。

「あの、場所聞かないんですか？」

少しあせりぎみに聞いた私に、彼は笑って答えてくれた。

「可愛い子に聞こうと思うんでねェ」

私はすぐ車を降りた。

「てめーふざけんじゃねーよ、このスケベパープー運転手」

なんて言葉は、口がさけなきゃ言えません。いっそさけてほしかった。思いっきりバリバリバリと。その後は、『雪國』を聴けばいいもん。

お世話になりましたPARTⅡ

「こんにちはー、お世話になります」

まだ朝もやのたちこめる午前六時頃。正確には〝おはようございます〟かもしれないな。

「どちらへ？」

「あ、東京駅八重洲口までお願いします」

見事にすいてる。車もほとんどいない。

「お客さん、新幹線ですか？」

「あっ、はい。七時発なんですけど」

「ああ、じゃ大丈夫ですね」

おだやかな話し方をする運転手さんである。スピードもほどよいし、運転もうまい。安心した私は、うとうと居眠りしはじめた。

と、その時、

〝ブォォォォン〟

エンジンの音が響いて、急にスピードが上がった。なんだなんだととまどう私だったが、すぐにその理由がわかった。となりのタクシーである。横にピッタリくっついて、速さを競っているのだ。会社も同じ。ライバルなのかなァ。それにしても、こんな公道でレースなんてするはずが……。

「ばかやろう♡　今日は俺だよ!!」

……あたっ。ホントに競争してる。それもお互い客を乗っけて。早くつくのはとってもうれしいけど、あのねでもね……。

「ざぁけんなよォ♡」

ニコニコしてとばすおじさん。そのうち私もウキウキしてきた。根が嫌いじゃないものだから……ハハハ♡

「赤だァ？　俺ァ行くよっ、んなの」

それだけはやめて下さい。……お願い。

溜池の交差点で止まった時、残念ながらとなりのタクシーは、左折のウインカーを出していた。この勝負、引きわけとみた。

「じゃあな」

誰に言うでもなくおじさんはつぶやいて、サイドブレーキをおろしてまた走りつづけた。

おだやかな時間がもどってきたと安心したのも束の間。今度は、全然違うタクシーとタイマンはっている。おじさんの心についた火は、そう簡単には消えないのであった!!

東京駅八重洲口までわずか一五分。何も言うことはない。戦いは終わった。駅について、ふり返ったおじさんはたったひと言。

「怖かったでしょ」

〝ふっ、甘いねおじさん。私はそんな、やわじゃないよ〟

瞳でそう答えた。仁俠《にんきょう》映画の世界である。少々スピードに酔っていたかもしれない。

車を降りておじさんに手をふった私は、なんとも言い知れぬ満足感を抱いていた。

悔いはなかった。

〝おつりをもらい忘れた〟ことを除いては。

「こんにちはー、お世話になります」

友達の結婚パーティの二次会のあと、群馬に帰るために、浅草までタクシーで行くことにした。どうしても五時四〇分の急行に乗りたかった。

「浅草までなんですけど、五時四〇分のに乗れますでしょうか？」

「ああ……ちょっと急いだほうがいいですね」

〝やっぱ無理かなァ……〟

半分あきらめ状態だった私にくれた、運転手さんのたのもしいひと言。

「やってみましょう」

そう言うやいなや、いきなり車線を越えて反対の道路を走り、対向車が来る前に信号を右折した。あまりの突然の出来事に、どういうリアクションをしたらいいかわからなかったので、

「あら、運転手さんやるなー、いきなり」

そう口にする私であった。もちろん目は点。

「地元なんですよ私。ほら『りょうもう号』はね、一時間に一本しか出ないで

しょ。乗り遅れると大変だからね。間に合わせましょう」

なんてラッキーなんだろっ♡　神様ありがとうございますっ♡

そのあとはもう、裏道といってもホント乗用車一台ギリギリといったような路地や、おじいちゃんがワンカップ大関飲んでるようなファンキーな小道まで、ありとあらゆる抜け道を使って、たどりついたよ、浅草駅に！　時刻は五時三〇分ちょい前！　これは余裕だ……!!

「間に合いますね！」

自信たっぷりのその笑顔に、プロの仕事人としての心意気を見た。

「ありがとうございました。おつりはいりません!!……ありがとう……!!」

五〇〇〇円札を渡し、車を降りた私は、深い、深い感動を味わっていた。

うれしかった。

〝領収書をもらい忘れた〟ことを除いては。

（余談ではあるが、その後駅の構内に行ったら、五時四〇分急行『りょうもう号』は満席で、結局乗ったのは、その一時間あとの電車だった……。）


「こんにちはー、お世話になります」

「あっ!!　あなたは……!!」

「はい？」

「あのー芸能人さんでしょ？　その声、マンガ、ね？　あのー何ていったっけ、ほら……」

「まる子……ですか？」

「あー何だっけほら、ね、あったよね」

人の話を聞けよ。

「あー!!……思い出せないな。あったよねェ、なんか子供の……ねェ？」

「あの、横浜お願いします。第三京浜で、西口のほうまで」

「あ、横浜？　うんうん。あー……なんだっけかなァ……娘が好きなのよ、うん」

「……ちびまる子ちゃんですか？」

「子供がねー、観てんのよっ、いつもっ!!」

……人の話を聞けよ。それに、もう終わっちゃってんのよＴＶは。

「で、どうやって行くか教えて」

〝はい？〟

「……だからあの、第三京浜に行って……」

「この道どっち？　右？　左？」

「あ、左です左……」

そのあとずっと第三京浜まで行く間、彼はしゃべりつづけた。家庭のことと芸能界が好きということ。あと、横浜へ仕事で行くのは初めてということ……。

「今日雨でしょ。申しわけないですけど、スリップすると危ないんでね、ゆっくり走りますね。スミマセンね」

「あっいいです。それはべつに」

……まさか、高速を本当に時速六〇キロで走るとは思わなかった……。

横浜駅西口についた時、予定より二〇分は遅れていた。余裕持って出たのに。

〝安全運転してくれたんだもん。まっいいよね、うん〟

自分に言いきかせるのが精いっぱいだった。

〝笑って……笑って……笑ってキャンディー……〟

心の中でアニメ『キャンディ・キャンディ』の歌を口ずさみながら、目的地へと超急ぐ私でありました。

〝みなさん、ホントに、お世話になってます〟

あらあらかしこ♡

世界の国からこんにちは

「あなたの幸せと健康を祈らせて下さい」

駅で友達を待ってたら、目の前にそういう方が現われた。

「あ……はァ……」

ベンチに座ってた私は立とうとしたが即、手を上にかざして、

「そのままで結構です」

目を閉じてそう言ったまま、そのままの状態で、その女性は動かなくなった。

「あのー……」

「手を組んで下さい、両手を、ほら」

〝こうよ〟って感じでやってみせてくれたので、思わず同じように組んでしまった。

「目を閉じて、いいと言うまでそのままでいて下さい。はいっ」

「はい」

言う通りにした。なんか楽しかった。

「……」

「……」

ぱっと片目を開けて、その人の顔をのぞきこんでみた。真剣である。眉間にシワがよっていた。

〝お～～～～～～〟

いったい何を祈っているのかわからなかったけど、何やらすごいことのように思えて、もっと楽しくなってきた。ふふっ。

ピクッとその人が動いたので、私はあせって目をつぶった。このあとは何をするのか、ワクワクであった。

「……はい、お疲れさまでした」

「……えっ？」

「もう目を開けていいですよ」

〝もうおわり？　おわり？〟ジェットコースターを途中で降ろされた気分。罪なお方……。人をこんなに燃えさせて……。

「はい、これっ」

名刺みたいなものを差しだされた。

「あなたみたいな素直な人は、すぐ幸せになれます。ぜひ一度集会にいらっしゃって下さい。待ってますね、じゃ」

ひとつに束ねた髪がりりしい。そして彼女は、べつの人の幸せを祈りに行くのである。

う〜ん、見事だ。見事にいろんな人に断られている……。

頑張れコールをおくりたい。

「あなたの幸せと健康を祈らせて下さい」

〝ずいぶん若い人だな、学生さんかな〟ちょっと暗い雰囲気の女の子が、目の前にやって来た。

どうせ急いでないし、ま、いいかと思って、

「はいどうぞ」

と、ニコッと笑って言った。

よっぽどうれしかったのか、その子もニカーッと笑って、さっきまでとはうって変わった明るいしゃべり方になった。きっと何人もの人に断わられてきたんだなァ。

「はいっはいっ！　あの、手をですね、こうして組んで下さい。はいっ。あっそうです。で、目を閉じて、目を閉じてて下さいね。いいですか？　はい、そ

れでは……」

私の頭の上に手をあてて、一生懸命祈りはじめた。必死の感じが可愛い。

「……はい。ありがとうございます」

「いいえ、こちらこそ」

今度は二度目なので、余裕の応対だ。

「あの、神様のお話を聞きに来ませんか?」

「え?」

「よかったら、明日にでも。あの、お名前と住所、電話番号をこれに……」

彼女のまじめな目を見て、私もまじめに答えた。

「ごめんなさい。私の中にも神様がちゃんといるんです。それを信じてますから」

彼女の顔が変わった。

きらっと目を光らせて、私の手を握って囁《ささや》いた。

「――あなたの神様、大切にして下さいね。私も頑張ります。またどこかで会えるといいですね」

さわやかな笑顔だった。

「お幸せに……」

まるで、昔別れた彼の結婚式に出席して、何かがフッ切れた気持ちになった女性が、思わず口ずさんだ言葉のようであった。

「あなたもね」

私も手をふって言葉を返した。なぜか不思議な感情だった。

ふと横を見ると、ベンチに座ってたカップルさんが、いぶかしげにこっちを見ながら何か話している。ひそひそ声ってやつだ。私は勝手にアフレコしてみた。

彼女「ねェ、あっちの人は何の宗教かなァ」

彼　「自分の神様ってェのだから、〇〇学会とかじゃないの」

彼女「〇〇教会だったりしてェ、やだァ」

ってなこと言ってるんだろうなァ、きっと。

〝まったく！　神様イコール宗教って考える人多すぎる。これだからめったなことは言えませんぜ、だんなァ〟

思わず心の中で『水戸黄門』の〝うっかり八兵衛しゃべり〟をしてしまった私であった。

そして……、

「みんなの幸せと健康を祈って、三本締めー、よーおっ！」

彼女たちに出会う前から、私はライヴの終わりでこれをやっている。

「べつに宗教とか入ってるわけじゃないからね」

かならずこの言葉をつけ加えてるのだが、〝三本締め教〟だよなァと、ファンの子に言われたことがあった。なーるほど。

〝そーなると、教主がTARAで信者がお客さんたち？　なんだかなァ〟
だってライヴをやる時のTARAの気持ちは、『お客様は神様です♡』だもんね。

初心忘るべからず

落ちることには慣れている。高い所は好きだし足首も強い……ってそれは違うぞオイオイ。

『オーディション』

このときめきと興奮と刺激を伴う響き……。古くは小学校五年生の時。はじめて市で少年少女合唱団をつくった時のこと。クラスで一〇人くらいの子が試験を受けた。私もその内のひとりだった。

今にも心臓がとびでちゃいそうなほど緊張しまくっていたが、ラッキーなことに見事、合格したのである！

〝……信じられない……夢みたい……〟

ちょっと自慢できちゃいそうなこの幸福を胸に、スキップで学校に行った私は、先生のおだやかなひと言で目が点になった。

「みなさん、よかったですね」

ほとんどが合格だった。要するに、「来る者こばまず態勢」だったのだ。私のあのはちきれんばかりのときめきってば、何なのさ。

まーいいよね。みんな幸せでヨヨイのヨイッ。

そして中学一年生の時。町内のお祭りでやる、ちびっ子のど自慢大会の予選を受けた。

友達は、すでに本番の衣裳まで考えていたが、私はそんな余裕はなく、ただひたすら笑顔の練習をしていた。

〝誰だって暗い子は好かない。笑顔を保っていなければ……！〟

今考えると、何か違うような気がするが、とにかくその時は必死だった。なんせ歌うのが桜田淳子さんの『三色すみれ』。

はっきり言って暗い歌だ。これはせめて笑顔で歌うしかないと、鏡にむかって練習をつんだ。

歌を変えればすむことなのだが、とにかくその時の私には余裕がなかったのだ。一度決めた歌を変える勇気もなかった。〝これしかない！〟と心に決めて、オーディション会場にむかった。

「♬かっぜーになっぴーくきーろーいりーぼーんっ♪」

いっしょに受けた友達も桜田さんの歌を選んだ。それもかなり明るいやつだ。衣裳もリボンも黄色でそろえて、しかも踊りまでついている。

〝……で、できる……!!〟

私は今までにないライバル心を胸に、晴れやかに光る彼女を見つめていた。

そして、

「次の方！」

私の番になった！　心臓がまた急に運動しはじめた。

〝あがっちゃだめ……あがっちゃ……!!〟

祈るように我に言いきかせて舞台へとあがったその時、

〝し、しまった！〟

私はその時、ぐんじょう色のTシャツにスカート。

〝地味だ……しかも髪にはリボンもついてない〟

あまりに情けない自分のいでたちに気づいた私は、練習しまくった笑顔さえも忘れて、ボソボソと歌いはじめた。

「♪……わーすーれーまーせんーあーの日のーことー……♪」

サビの所で、ついに眉間にシワをよせてしまった……演歌でもないのに……。

結果は言うまでもない。いっしょに受けた友達も仲良くはずれだった。

最後に、審査委員長らしき人が総評をのべた。

「受かった人たちは、本番ではもっと元気に頑張って下さいね。やはり、子供は子供らしく元気に明るくさわやかに歌うのが一番ですからね」

、い、か、、に、、の部分がやけに強く聞こえた。いっそ浴衣着て三波春夫でも歌えばよかった……。

そんな心の傷も忘れた一八歳の時。私はかの有名な『スター誕生！』のオーディションを受けた。

気分はすでにＴＶであったが、会場に行って、自分のそんな甘い考えはふっとんでしまった。とにかくすごい人・人・人!!　何百人いるんだろうと思ったくらい、とにかくすごい人数。

〝この中からほんの何十人……〟

大きなため息をついたのは私だけじゃなかったろう。みんな周りを見定めながら列に並んでいた。ディズニーランドでスプラッシュマウンテンを待つよりすごい。

友達と来てる人達はおしゃべりしながら待っているけど、私はたったひとりで来てたから、体育座りで背中丸めたいほどさびしかった。

〝夕陽のバカ……〟

わけのわかんないことを心で叫んでいるうちに、いよいよ会場内に足を踏み入れた。

歌っている人がいる。私もあそこで歌うんだ。鼓動が早くなる。頭が真っ白になる。そしてその時、もうひとつの事実に衝撃をうけた！

〝欽ちゃんがいない……〟


もちろんオーディションを受けることが一番の目的ではあったが、欽ちゃんに会えるということもすごく楽しみだったのに、その欽ちゃんがいない。

「あ、欽ちゃん、今日休みなんでしょうかね……?」

勇気を出して隣りの人に話しかけてみた。

するとその人はプッとふき出して、

「やぁだ、いないよいつも。あれってテレビだけでしょ? ここにはこないでしょう」

あきれた顔で答えてくれた。

〝……そっか、そうなんだ……〟

ちょっと落ちこんでしまったが、あと何人かで自分の番ということに気づき、とりあえず欽ちゃんのことは忘れようとした。

〝欽ちゃん……守っててね……〟

忘れようとしたにもかかわらず、頭にうかぶのは、あの欽ちゃんのやさしい笑顔だった。

「次の方っ」

「はいっ」

いよいよだ。私は自分で書き写した譜面を渡した。選んだ歌は、もとまろの『サルビアの花』だ。暗い。

どうしてこういう時こそ、桜田淳子さんとか山口百恵さんの歌を選ばなかったのか。

答えはひとつ。みんなと同じ歌を歌うのがイヤだったのだ。「人と同じ」というのはどうも性に合わない。

「お願いします」

私はそっと歌いはじめた。声がふるえているのがわかる。せめて笑顔で、と思ったが歌詞と合わない。おーっ、またも眉間にシワがっ……シワが……っ!!

「はい、どーもっ」

いともアッサリと終わったあと、発表を待ちながら、なおらない眉間のシワをマッサージしていた。

そして結果は——第一次予選で落っこちてしまった。

無理もない。人と違う歌を選ぶにしても、もっと明るい歌を選べばよかった。

〝ごめんね欽ちゃん……〟

存在さえも知られていない人に、ひたすらあやまる私、一八の夏……。

それから約一年後、マッキー常務（Kマネージャーともいう）と出会った。

オーディションとも言える場所で、彼の目の前で歌った歌は、山崎ハコさんの『心だけ愛して』と中島みゆきさんの『うらみ・ます』。

眉間にシワどころか背中にお墓しょったムードで歌いあげた。いてまえやーの気持ちだった。悔いはなかった。

そして今、私はここにいる。九枚目のアルバムのために、より暗い歌を求めながら……。

友よ

うちの事務所のマッキー常務は、競馬とマージャンが好きだ。どのくらい好きかというと、とにかくスゴイ好きだ。私の歌をことごとく替え歌にしてしまうほど好きだ。

しかし最近はあまり当たらないので控えているとのことだが、いつまた血が熱く煮えたぎってくることか、私はその日が、あらまァすぐそこまで来ているのではないかと予想している。

かなり前だが、そんなマッキー常務からひとつ武勇伝を聞いたことがある。所は新宿歌舞伎町。ネオンの海に身をまかせ、たどりついたは某マージャン屋さん。

「ひとりなんだけど、いいかナ？」

クールに言った彼だが、もうすぐパイにさわれる喜びで、サングラスの奥の瞳は軽やかにスキップしていた。

「こちらへどうぞー」

……彼は一瞬ためらった。

〝こちらへどうぞー〟のこちらって、この〝こちら〟のことだろうか……？

「こちらねー」

〝やはり間違いない……このテーブルだ〟

そこには、三人の男性が座っていた。どことなく存在感が漂うその人たちは、そろいもそろって、パンチパーマだった……。

〝トリオ・ザ・パンチ……!!〟

彼は心でそう叫んだ。マジである。ま、最初は多少びびりはしたものの、彼も三人には負けない、〝やるときゃやっちゃうよ〟気性の人だったので、何はともかく席に着き、ジャラジャラタイムとあいなりました。カーン!!

「……おーっ♡」

彼は勝ちつづけた。トリオ・ザ・パンチ相手に、点棒をどんどん増やしていったのである。

彼の心の中では『正義』『勇気』『わーい、もーかっちゃったい』の三つが渦巻いていたことだろう。そして何時間かのち……、

「じゃあ、これでそろそろ……」

彼が帰るということを口にしようとした時、

「あ〜……ん?」

トリオ・ザ・パンチ逆襲の時来たり!!

「まさか勝ち逃げはないよねェ」

「そこまで勝っといてそれはないでしょ」

「……ねェ……!!」

〝……〟

またまた何時間かのち、トリオ・ザ・パンチの顔は満足そうに微笑みを浮かべていた。

マッキー常務の点棒はあと少し。このままではかなりの負けになる。彼も必死だった。

「じゃあ、これでそろそろ……」

トリオ・ザ・パンチのひとりがお開きを匂わしたその時、マッキー常務の目が光った!!

「え～、まさか勝ち逃げなんてねェ、ここまで勝っといてそれはないでしょ、ねェ!!」

さっきまでとは何かが違う彼の威圧感に、ただならぬものを感じたトリオ・ザ・パンチは、なぜかそのまま続けざるをえなくなってしまった。さすが常務！　だてに起きぬけにブラックサバスを聴いているわけじゃない!!（別に意味はありません）

そして、ゲーム開始後約三二時間経って、トリオ・ザ・パンチのひとりが、マッキー常務に言った。

「Kさん……もういいよ……もうチャラにしよう、なっ。たのむから帰らせてくれや」

マッキー常務の心の中で、『根性』『勝利』『あーお金いっぱいとられなくてよかった』の三つがギュンギュンと渦巻いていた。

「あんたにゃ負けたよ」

「またやろうや、なァ」

「ええ根性しとる」

うちに来いやァとスカウトされたかどうかは知らないが、何はともあれ、マッキー常務とトリオ・ザ・パンチさんとの友情が生まれた瞬間である。‼　ブラボー‼


ちなみに、マッキー常務はB型です。

神様お願い

〝ついてない〟って言葉は、私は使わないようにしてる。〝ついてない〟って言ってしまうと、ホントに運が悪くなってしまう気がするから。

なんかちょっと困ったこととかイヤなことがあっても、〝あ、何かのバチかな〟とか〝きっとこのあとはいいことあるな〟とか、無理やりにでもそう自分に思いこませるのだ。

あの日もそうだった。ホントに一日ついてな……バチがいっぱいあたった日だったなァ。

朝、電話をかけようと思って、電話ボックスの中にはいったら、お財布が置きっぱなしになっていた。

〝あら……どうしよう〟

交番に届けていたら遅刻してしまう。かといってこのまま放ってもおけないし……。

〝――よしっ！〟

とにかくそのお財布を持って、近所の交番を探した。急いでいたのでとにかく走った。

やっとのことで探しあてた交番には、おまわりさんがいなかった。なので、メモに〝○○の電話ボックスで拾いました〟と書いて、お財布といっしょに机の上に置いた。そして交番を出ようとした時に、ちょうどおまわりさんが自転車に乗って帰って来たので、

「お財布拾って、それメモといっしょに机に置きましたから」

と言って走って行こうとしたら、

「ちょっと待ちなさい、困るよそれだけじゃ。ちゃんと名前と住所！」

〝ついてないなァ……〟舌うちして、またまた交番の中にはいった。

「あの、すみませんけど、仕事があるので急いでいただけませんか？」

私は泣きそうな顔でお願いした。

「仕事ォ？　そう仕事ね。何やってんの？　ＯＬには見えないけど……ま、とにかく名前から言ってね」

〝トロい……〟

しゃべり方もペンの走らせ方も、私以上のトロさだ。そのうえ……、

「ああ、住んでるのここォ？　通ってんのこんな遠くまでェ？　大変だねェ、ひとり暮らし？」

〝カンケーないねっ〟柴田恭兵さん口調で言ってあげたくなる余計なおしゃべり。こいつァ強敵だ！

「じゃあ……中身調べるからね……えーと」

キャッシュカードがはいってた。これで名前はわかる。よかった。

「それじゃ、私はこれでっ」

ペコッと礼をして出ようとしたら、

「ちょっと待ちなさいっ！」

〝おっ！〟なんか怖い雰囲気……。ふりむいたそこにはおじさんのペヤング顔のアップ！

「お金は？」

「……えっ？　お金って……？」

「カラなんだよ、お金はいってないの。ヘンじゃない？　財布なのにさ」

「……え、いえ、そう言われても、困ります。私、中見ないで持ってきたんですから」

「ほーんとおォ!?」

〝語尾を上げるな、語尾をっ〟

「ほんとですっ!!」

〝遅刻覚悟で届けたのに、こんな疑いかけられるなんて……ついてないっ！〟

「とにかく私急いでるんです！　何かあったらすぐに電話して下さい。留守電になってますから、仕事終わってから聞きます。それじゃ」

「あっ、ちょおっと待って」

〝いーかげんにしてね、ペヤングおじさん……〟

「ぬあんでしょうかァ!?」

遠山の金さんが桜吹雪を出すシーンがうかんだ。杉良太郎さんの流し目はむずかしい。

「忘れものだよっ。ほらあんた」

〝バッグ……〟

「……どうもありがとうございます……」

〝このひきつり笑顔の行き場はどこに……？〟

ダッシュして仕事場に行ったのだけど、やはり少し遅れてしまった。理由を話すのもなんか情けなかったので、ひたすら謝った。そういう時にかぎって、『TARAちゃん待ち』という状態だったりするのだ。

〝やっぱついてない〟

ちょっと落ちこみ気分でいたせいか、あまりスムーズにいかず、なんかイマイチという感じで仕事は終わった。

留守電には何もはいってなかったので、とりあえず電車に乗り、家に帰ろうと思った。

外に出たら雨が降っていた。もちろん傘は持ってない。とにかく駅まで走った。

「ほんとについてなーい」

走りながら思わずつぶやいてしまった。おニューの靴はよごれちゃうし、スカートにははねはあがっちゃうし……。

やっと駅について、切符を買おうとしたら小銭がない。一〇〇〇円札もない。両替のため窓口に行ったら、駅員さんはおばさんと話しこんでる。道を聞かれてるらしい。同じことを何度も言わされてるのかイライラ口調で顔もけわしい。

やっとおばさんが行ったので、私は一万円札を出して両替をたのんだ。

「小銭くらい用意しておいてよ、電車に乗る時は常識でしょっ。まったく！」

一〇〇〇円札の束をばんっと置いて、駅員さんは奥へひっこんでしまった。

〝……いったい……〟

イライラするのはわかるけど、やつあたりされるのはかなわない。人の『イライラ菌』ていうのはどんどん伝染しちゃうのだ。

「ってやんでいっ」

ＰＵＭＰＵＭしながら電車に乗り、家に着いたら、留守電にメッセージがはいっていた。〝ピーッ……○○派出所の者ですが、仕事の帰りに、えー、こっちに寄って下さーい……〟

冗談はよしこさん。今帰って来たばかりだよ、冗談はよしこさん。派出所の電話番号を調べて、祈る思いで電話をかけた。エーメン。

「もしもし……あの○○ですけど……電話聞きました……はい……」

「あっ落とした人わかりましてね。えェ、連絡あったんで、それでね、鍵、ないんです」

「……え？　何ですかそれ？」

「だから鍵ィ、財布の中にね、はいってないからヘンだなって……あァ、お金はいいらしいけど」

〝いいも何も、私は何も知りませんです〟

「とにかく、本人も来るらしいんで、すぐ来て下さい。よろしく」

ガチャッ。

〝ガチャッ……？　おいおい〟

「もしもーし」

声は空《むな》しく消えてゆく……。

派出所に着いた時には、もう日も暮れていた。よくわからないこの現状はいったい何なのか。

「あっ、どーもね」ペヤングが笑う。

「あの、相手の方は？」

「ああ、あったらしいのよ、鍵。別のとこ入れてたって。まあったく人騒がせだよねェ。問題なかったわ何も。お金もさァ、給料日前でスッカラカンだったってことだし、まあね、人間そう悪い人ばかりじゃないから、そんなとったりとられたりもねェ、ハハハ、だから、いいですよ、もう」

〝よく……わからない〟

「よろしくって言ってましたよ、その人。うん、いいことするとねェ、きっといいことあるよォ。ね、そういうことだから」

〝ぷっちん〟

その時の私に、何が言えただろう。

「ついてないついてないついてないついてないついて……」

お経を唱えながら、雨の中を歩く私であった。


何がきっかけで考え方を変えたのかは覚えていないけど、とにかく今は絶対「ついてない」という言葉は口にしない。イヤなことを、そのまま「イヤなこと」として受けとると、全然前へ進めないってわかったから。そう気づいてから何カ月か経って、『ちびまる子ちゃん』のオーディションに受かった。

ただ、今でも、電話ボックスにはいる時は、〝何もありませんように……〟と、祈ることを忘れません、ハイ。

こんな女に誰がした

エープリルフールの日に、どんな嘘をつこうかなァと思い悩んだ結果、友達に電話して、こんな風にクラーく言ってみた奴がいる。

「仕事ないからさァ、売れないし……群馬に帰ろうかと思うんだァ……」

〝何言ってんのよ!! 頑張らなきゃ〟きっとこんな風に言うだろうから、そしたら〝うっそだよーん〟って笑うつもりでいたのに……。

「そう……そのほうがいいよ……やっぱこの世界ってさァ、むずかしいよね。私もね、……言わないでおこうと思ったんだけど、父が……亡くなってね、二週間前なんだけど……それで、実家帰らなくちゃいけないんだ。店つぐんだ。

ほら、私って長女じゃない。お見合いして結婚して、母親安心させてやんなきゃね……」

〝えっ!?〟奴はあせった。

「あ……ごめん、何も知らなくて、あ、えーと、何て言ったらいいかわからないけど、……頑張ってね……って言葉も軽いか、ん、ごめん」

「いいよ……べつに気にしないで……」

言葉が見つからなかった。どうなぐさめたらいいのかわからなかった。ただ、何も言えない自分がはがゆかった。そして、二、三の言葉を交わして、そっと受話器を置いた。

〝彼女がそんなにつらい時に、私ったら……なにがエープリルフールだよっ、私のバカ……!!〟

自分を責めることしかできなかった。そして、せめて自分に何かできることがないか、一生懸命考えた。奴は奴なりに、とにかく真剣だったのである。

〝お別れ会をやろう、うん〟

真剣に考えたわりには情けないアイディアだが、とにかく奴は一生懸命だったのだ。

〝彼女に話したら気をつかうから、内緒で計画しなきゃ〟

仲のいい友達に電話して事情を話したら、みんなとにかくびっくりして、中には涙声になった子もいた。

〝誰にも話せないほど、悩んでいたのか……〟

胸がしめつけられる思いだった。

場所と時間を決めてから、深呼吸して、彼女のところに電話した。

「○日の七時頃ねっ、久々の飲み会じゃん。もちろん行く行くっ。うそーっK子も来るのー」

無理に明るくふるまう彼女の声を聞きながら、奴は必死で涙をこらえていた。

「……それでね、あの、いつ帰るの？　みんなでね、その日は絶対何があっても見送りに行くって言ってたの、だから……」

「え？　何が？」

「あ……だから、実家には…いつ……？」

「えー？　うちィ？　お正月に帰ったからしばらくは帰んないよォ。なにィ見送りってェ？」

〝……………えっ……………？〟

「あの、だってさ、この間、ほら電話した時お父さんが……あっごめん……ね、あの……」

「――――!!　あっやだーっ!!　うっそーっ!!　あれってさァ、エープリルフールじゃーん」

鼻から牛乳……。

「そっちが先に嘘ついてきたから私もやりかえしたんだよーっ。いやだっ、あれ本気にしたのォ？　バカだよそれーっ、ははははーっ!!」

耳からうどん……。

「うちの父さん死ぬわきゃないじゃーん、ピーンピンしてるよォ。ははは一っ、んー苦しいっ。なに、みーんな信じちゃってるわけェ？　なにそれェ、あーらっ知ーらないっ」

口からアンモナイト……。

「S美泣いてたってェ？　ヒッヒッへえーっ、けっこーいいとこあんのねェ、でもさァ、いざって時にやっぱそういうのってうれしいよねぇ、でもさァ……」

もう奴の耳には何もはいってこなかった。
だますつもりがだまされてハーペンペン。
怒るつもりが怒れないヨーペンペン。
ほんにあなたはパーでんねん、これホンマ。

自己嫌悪その……いくつ？

踊るポンポコリン

『ちびまる子ちゃん』がヒットしてから、私の生活もぐびっと変わった。いや、ぐびぐびぐびのぐーいってなくらい変わったかもしれない。

仕事の内容、量、会う人の数、すべてすべて変わった。変われば変わるほど、自分の心は安定していった。

もしこれが、デビュー当時だったとしたら、ひょっとして鼻たーかだかーっになってたかもしれないが、デビュー何年目かにして、やっと目が出た、ふくらんだーという感じだったので、足はいつでもしっかりと地上にあったのだ。

下積み時代に感謝。

いろんな番組に出演した。ゆえに顔も少しは知られるようになった。当初はとまどうばかりで、指をさされると思わずうしろをふりむいて誰？　誰？　と探してしまうこともしばしば。

「ほらァ、あれェ、まる子ちゃんの人ォ」

「まる子ちゃんだァ、ね。まるちゃん！」

違います。正確に言わせてもらえば、〝まる子ちゃんの声をあてている人〟です。

「ねェ、さくらももこさん」

ぶったまげるよなこと言う人もいた。うちのすぐそばのコンビニの帰り、横断歩道を渡ろうとした時である。

「さくらさんだよね、あのまる子ちゃんの」

「すみません、違いますよ」

だってホントに違うのだから、私は手をふってその場を去った。たのむよ、ひとつ。

「あっタラコだっ。タラコタラコタラコー」

魚屋のよびこみじゃないのだから、連呼もつらいものがある。

「握手して下さーい。ねっねっ、まるちゃんの声やってくれませんかァ？」

「あっあの、まァ…」

「いやーん♡　ほんものォまるちゃあん♡」

まだまる子の声は出してない。こんなん出ましたけどォという感じだ。

「ねっ、ひと声やってよ♡」

い、い、い、
ひとこえ……そうきちゃったのね。うーん。

片手にネギのはいったビニール袋をさげたおばさんが、ニッコリと微笑んで肩をたたいた。

「ねっ、ひと声でいいのよォ」

八百屋さんで野菜の値段をねぎっているようなその甘い声には弱い。

「あたしゃまる子だよ」

ほんとのひと声出したとたん、おばさんは満面に笑みを浮かべて、

「ありがとっ。悪いわねっ、頑張ってねっ」

肩を今度は三発たたいてビニール袋をルンルンさせながら、おばさんは足どり軽やかに去っていった。

〝……見事だ……おばさん……〟

まぶしい瞳で、そのうしろ姿を見守る私であった。恋かもしれない（やめろよっ）

実家に帰った時、母とふたりで駅前のデパートに買い物に行った。久々に洋服を買おうと思い、二階のブティックにはいった。

〝わっ安いっ、二九八〇円だァ〟

ワゴンの中のブラウスに手をのばした瞬間、

「ＴＡＲＡＫＯさんですよねっ」

店員さんに話しかけられた私は、スイーッと方向を変え、九八〇〇円のセーターを手にとった。

「あっええ、そうですけど……」

声まで変えるなよ。おいおい。

「わっ♡　サインしていただけませんか？」

レジのところまで案内されて、白い大きなボール紙（シャツとかに挟むやつだな、きっと）に、大きくサインを書いた。と、その時、

「ね、あの人、ＴＡＲＡＫＯさんじゃない？」

ちょっと離れたところから声が聞こえた。四、五人はいる。おそらく女子学生さんじゃないかなと思われる若い声だ。

「そうだよっ、ねっ、間違いないよォ」

……ダメなのです……慣れないのです……恥ずかしくて、ホントいまだにテ

レてしまうのです。

〝こりゃそそくさと逃げるしかないな〟

お店を出ようとしたとたん、

「あっ、あれ、TARAKOですよォ」

母は言った。ニコニコと。

「私の娘なんだけどねェ、今、仕事休みでうちに帰って来てるの」

母は言ってる。ルンルンと。

「サイン欲しいけどォ、紙がなくてェ」

女子学生さんたちが困っているのを見て、
母はさっそうと立ちあがった。

「紙ならあるよ、これでよけりゃ!!」

バーゲンのチラシだった。裏はたしかに白い……!!

「これでいいかい」

一枚のチラシを四つに切って、母は私の手にあずけてひと言。

「……書いてやんな……」

〝がってんでいっ!!〟心の中のおたけびは、そのままサインの力強さに表わされた。醬油一本九八円の裏に書かれたＴＡＲＡＫＯという名のサイン……悔いはない……やるだけやった……。

複雑な笑顔を浮かべて、女子学生ちゃんたちは人混みに消えた。

「サインなんて、欲しがられてるうちが華なんだよ、ありがたく思わなきゃ、ねっ」

〝ほんとうにそうだな〟つくづく思った。

でもチラシの裏だろうが何だろうがサインを書くほうはかまわないんだけど、ただそれをもらった方の気持ちを考えると、やっぱりチョットだけ首をかしげてしまうＴＡＲＡＫＯさんであった。

そしていつだったか、父と母と伯母さんと私の四人で、赤城のぐんまフラワーパークに行った。

天気もよく風も心地よく、仲よく写真などとりながら花を見て回った。そして大きな石の階段を昇っていく時、ひと組のカップルとすれ違った。

「ね、今のTARAKOじゃない……?」

女性がつぶやいた時、

「そうです！　TARAKOですよォ」

伯母は言った。ニコニコと。

「私の姪なんだけどねェ、休みなんで遊びに来たんですよォ」

伯母は言ってる。ルンルンと……。

ひと夏の経験

〝お正月はハワイで過ごすの〟

〝GWはオーストラリア〟

〝仕事でパリに行ったんだけどねー〟

〝ロンドンでレコーディングだったんだ〟

うっわーってくらい、外国旅行を経験してる人はいっぱいいる。成田はいつも満員御礼。

私も三年前、初めて日本脱出をした。みなさん御存知の『なるほど！ザ・ワールド』のレポーターで、カナダに行って来た。たった一日だったけど、とても楽しかった。その前の日には、飛行機の都合で五時間ほど、憧れのニューヨークの土を踏めた（ほとんどコンクリートだった）。

ケネディ空港についた時、私の前を歩いていたマッキー常務は、荷物を調べる所で、かなり念入りなチェックを受けていた。

「WHAT?」

バッグの中にはいっていた、それはお守りだった。

「あ……えーと……OMAMORI……ん?」

その大男さんは、お守りの中身の小銭をとりだし、ジロジロ見ながらマッキー常務をにらんでいる。

「だから……お守りだって……!」

お守りの中身さえ調べられてしまう人相の持ち主、マッキー常務。私は尊敬のまなざしで彼を見つめていた……。

〝私もいろいろ調べられるんだろうなァ……〟

バッグのファスナーを開けて待っていたら、

「OK。プリーズ」

〝へっ？〟

なーんも調べられなかった。

「サンキュー、サンキュー」

ニコニコとあいきょーふりまきっ子になって、胸をはって通りすぎたのであった。

〝なぜ……俺だけ……〟

マッキー常務の胸には、いたたまれない疑問が残ったことだろう。

そんなこんなで、自由の女神が見える公園に、まずはドドッとくりだした。

ベンチに座ってるやさしそうなおじいさんと一緒に写真とったり、コーラ飲んだり、ストリートパフォーマンス見たりして、ミーハーうるうるしてしまった。

そして次はソーホー。Tシャツ屋さんでJ・レノンとか二、三枚気に入ったの買って、タワーレコードで人の多さにおどろいて、子供が英語ペラペラなのにおどろいて、おもちゃみたいな建物の並びにおどろいて、初めて来た気がしない自分におどろいていた。

「あと、どこか行きたいとこは？」

案内のN・Y在住の日本人の方が聞いてくれたので、待ってましたとばかり、

「アポロ劇場！」

〝え……？〟ってな顔をされてしまったけど、どうしても行きたかったので、お願いしますと頼んでしまった。ごめんなさい。

「じゃあ、とにかく、見たらすぐ車に乗って下さいね」

やさしい案内人さんは〝ざーけんじゃねーよーしょーがねーなー〟と思ったか思わないか……思っただろうなァ……とにかくこのおのぼりさんのために、いざ、ハーレムへ!!

〝ボビイブラウンの店がある。本当に黒人さんばかり。あっ日本人がいる！

三人。わっ普通に歩いてる…〃

「あーゆう女の子たちはホント、恐れを知らないんですよね、困ったもんだ」

どう見ても観光客っぽかったもの。勇気とかそういうもの以前の問題のような気がする。

「ここですよ」

〝着いた！　ここがアポロ劇場だっ。わーいっ!!〃

私はすぐ車を降りた。マッキー常務もあせって降りた。入口とかペタペタ手でさわって、

「はいーん♡」

感激のおたけびをあげていたら、

「TARA、もう帰るよ」

マッキー常務によばれたので、急いで写真をとって車に乗ろうとした。

知らない黒人さんたちがそばにいて、ニヤニヤしている。なんだなんだーと

思いながら車に乗って、私たちはハーレムをあとにした。

「やっぱり話しかけられましたね」

〝え？〟

「何て言ってたんでしょうかね？」

マッキー常務が聞いている。私のことじゃなかったみたい。何でげしょ？

「〝ヘイジャップ！　ここを買うのかい？〟って言ってましたよ」

うーん。何もしてないのに初対面の黒人さんたちにガンをつけられてしまう人相の持ち主、マッキー常務。私は崇拝のまなざしで彼を見つめていた……。

その後はわりと平和に時は過ぎた。コロンビア大学に行って『ゴーストバスターズ気分』を味わって、セントラルパークで馬車を見つけて博物館でエジプト展を見学して、そしてJ・レノンが亡くなったダコタ・ハウスへ行き、記念写真をとった。

ほんとうはそこでジョンと同じように倒れて写真をとりたかったのだけど、

その瞬間みんなに他人のふりをされそうで怖かったので、ぐっとがまんして、一応ノーマルな形でおさえた。残念。

五時間後、カナダ行きの飛行機に乗るため空港にむかった。短い時間の中の密度の濃い観光。満ち足りた気分でＮ・Ｙに別れを告げ、カナダへ……。

カナダもステキだったあ。ため息もんの可愛いお家がいっぱい。童話の中の世界みたい。

〝私はアリス……〟

公園にはリス……。くりくり目玉がＳＯプリティ。このままこうして時を止めていたい、とロマンティックが止まらずに、ナッツをぽりぽり食べつづけていた私でした。

仕事も無事終わり、帰りの飛行機の中では、食っちゃ寝食っちゃ寝で時間を過ごし、おみやげは買い足りてるかなあ……などと考えつつ、夢の中でゆらゆらり……。

景色はいい。空気もいい。人もやさしい。街もきれい。また絶対に行きたいカナダ。ただちょっとだけさびしかったのはお食事。行ったお店は、マクドナルドにレッドロブスター、そして、日本料理店だったのです。かしこ。

天国より高いとこ行こうよ

仕事でホテルとかに泊まる時、よくマッサージをたのむ。あれってくせになるのだ。

《マッサージ師さんその1》

「こーんばんはっ」

「あっ、よろしくお願いします」

「あらーっ、若いのに肩こるのォ？　かわいそうにねェ、はい、そっちむいて横になってェ、はいはいっ、どこが一番こってる？」

「あ、えーと肩、とか……」

「はいはいどーれ……あらっ、こってるわねー、ガッチガッチよォこれェ、はいはいっ」

〝ちっ、ちからがつおい……!!〟

「痛かったら言って下さいねェ」

「だ、だいじょーぶです、はい」

〝私にも意地がある。負けてはいけない……〟

「それにしても、アレよねっ」

「……はい？（いっ、痛いっ……）」

「似てるわねェ、おたく。あの、ナントカってェ子に……えーと……なんてったっけか……」

「は……あ……（そこも痛い……）」

「あっ、そうそうっ!!」

ミシッという音がしたような気がした。

「痛っ!!」

素直になろう。命がおしい。

「あっ、ごめんねェ、ちょっと弱くするわ」

「あっ、いえ、スミマセン」

「……あーっ、思い出した、その声。ほらっ、ちびまるちゃんとかの声の人でしょお?」

「ちびまる子ちゃん……です……(……痛い……)」

「そうそう、それそれっ、声優さんだよねェ、やだあ、芸能人さん……ねえっ」〝え〜〜〜〟

「しゅっしゅみましぇん……もちいっとよわくおねがい……します……」

「あっ、やあだごめんねェ……ははっ、ほーんとその声ねェ」

「……はァ、いちおう……」

やっといい具合のちから加減になった。助かった。うんうん、気持ちんよか。天国ばい。

少し眠くなってきた時、またマッサージ師さんが話しかけてきた。

「ああゆうお仕事っていろんな人に会うのよねェ。歌手のSさん、会ったことあるう？」

「あ、と、いえ、お会いしたことはないかもしれないですね」

「そうおォ？　私ね、一度もんだのよ。可愛かったわよォ色白くて。ちっちゃいのよ意外にね。TVよりずーっときれいだった。ほほほっ、もう緊張しまくりよォほんとうにィ」

……また力が……。

「Hさんもマッサージしたけど、やっぱいい男だったわよォ。お高くとまってるかと思ったら、ぜーんぜんっ感じよくてねっ」

「……あ……そうです……か（だから……痛い……）」

「あなたも実物のがいいわねェ。顔パンパンにうつってたもんねっ、あははっ」

「そうですね……（余計なお世話でしょ。痛いよっ、痛いのーっ）」

……やっと仕上げの状態にはいった。ゴールだ、ゴールは近いぞーっ、頑張れ日本っ!!

「はぁいっ、お疲れさまっ」

〝お父さん、お母さん、娘は耐えました……〟

「……ありがとうございました。おいくらですか……？」

ふらふらとベッドから立ち上がり、お財布をとりに行った。手が汗ばんでいた。

「あっどうもすみません。またよろしくぅ」

ニコニコと笑うその顔に、疲れの色は見えなかった。さすがプロ……。

翌日、三つもアザがついていた。〝もみかえし〟で、だるい体にムチ打ちながら、私はうるうる目でホテルをあとにしたのだった。

《マッサージ師さんその2》

「こんばんは」

「あっ、よろしくお願いします」

「はい……TV観ますか？　枕どちらになさいます？」

「あっ、どちらでも、ハイ。TVはいいです」

「それじゃ、横になって下さいね」

上品な雰囲気の女性だった。しゃべり方もやさしい。何より、もみ方が上手だった。

〝うっ、うれしー！〟

久々のヒットって感じで、私は心の中で手をたたいていた。

十分くらい、経ってからだろうか。

「……カルシウムとってます？」

「……は？」

あまりの気持ちよさにウトウトしてしまってた私は、思わず聞き返した。

「あの、何て？」

「カルシウム、とってないでしょ？」

「は？　……はい、あまり」

「煮干し、おやつにばりばり食べるといいのよ。いくら食べても太らないから安心して。ま、見ためはちょっとよくないから、おうちで食べるといいわね。あとね、ゴマ。煎《い》った白いごま。あれ、あのまんま食べちゃうのよ。味はあまり、ね。でも体にいいのよ肌もきれいになるし……それと、ほうれん草とか、あとひじきね。ひとり暮らし？」

「はい、そうです」

「それじゃあ、ほとんど外食かな？　でもホラ、今はコンビニエンスストアとかで売ってるでしょ、ほうれん草のごまあえとか、ひじきとかもね。量もひとり分くらいだからいいんじゃない？　あとね、牛乳。毎日飲むといいわよ。白い牛乳ね。コーヒーとかはダァメ。炭酸類とかもあまりよくないしね、お酒は？　飲む？」

「……あっ、はいっ、ワインとかをよく……」

「そう、あまり飲まないのにこしたことはないんだけど……ま、つき合いとかでしょうがない時は、チーズとか食べてから飲むほうがいいわね。あと梅干し、いいのよあれは。おつまみは枝豆とかやっことか、大豆類多くとって、それから温野菜ね。生はダメ、体冷やすから」

「ハァ……」

「一日三〇品目はとったほうがいいなァ。バランスよく食事しないとダメよ」

〝おかあさんと呼びたかった……〟

初対面の私に、いろんなことを教えてくれたやさしいマッサージ師さん。あまりうれしかったので、おつりはいいですと言ったら、

「じゃ、これお礼ってほどじゃないけど……」

と言って、洗濯バサミをくれた、ふたつ。

「ほら。先がギザギザしてないでしょ？　これをこうやって……」

耳に挟んだ。ツボを刺激するそうだ。

「あまり長い時間やると痛くなるから、気をつけてね」

私は、その洗濯バサミを両手でしっかりと受けとった。うれしかった、ほんとうに……。

東京へ帰る新幹線の中で、その洗濯バサミを耳に挟んでみた。意外に気持ちよかった。

〝また会いたいな……〟

やさしいマッサージ師さんのことを思い出しながら、私はウトウトと眠ってしまった。

そして……はっと目が覚めた。もうすぐ東京だった。

〝あーあ、居眠りしちゃったんだっ、へへっ〟

のびをしたあと、ふと耳に挟んだままの洗濯バサミの存在に気づいた。

〝あまり長い時間やると痛くなるから、気をつけてね〟

マッサージ師さんのやさしい声が、頭の奥で鳴り響いていた……。

P・S

これは、タクシーの運転手さんが教えてくれたことなのですが、左足の内くるぶしの下に一円玉、右手の手首の内側に一〇円玉をはって寝ると（おフロあがりにかぎる）、翌朝には、コリとかむくみ、筋肉痛がやわらぐそうです。

お試しあれ!!

天国より高いとこ行こうよPARTⅡ

《マッサージ師さんその3》

「こんばんは、よろしく〜」

「あ、どうもお世話になります」

「学生さん?」

「あ、いいえ、もう働いてます(とっくに)」

「そう、お若く見えるのねェ、女の子はそのほうが得よねェ、私も昔は若かったのよねェ」

「はァ……(あたり前のような気が……)」

「でもね、早くに親が死んじゃってね、……食べていかなくちゃならないじゃない、弟もいるしねェ……」

〝おおっ!!　いきなり重い話だ!!〟

「ま、今はね、だんなとふたりでけっこううまくやってるけど、この仕事はじめた当時は、ホント大変だったのよ。いろんなお客さんがいるじゃない、ほら、まだ若かったからさァ、あっちのほう誘われたり……あっ、いやだっ、お嬢さんにはこーんな話、ねェ」

〝いえ、私けっこう年いってます〟

のどまで出かかってやめた。

「泣いたこともあったのよォ……やめようと思ったこともねェ……でもさ、人間って自分が思ってるより強いもんなのよねェ、なんだかんだのうちに続いちゃったわよ、今まで。アハハ……だんなも同業者だからね、どうしても疲れた時はやってもらうの、マッサージ」

「へェ、いいですねェ、やさしくて」

「そーよーっ！」

声のトーンが上がった。

「あのね、ホッントッ！　男って顔じゃないわよォ。ま、若いうちはどうしても色男に目がいくじゃない、それはそれでしょうがないけど、遊びのうちはいいんだけどね、結婚ってなったら、やっぱり甲斐性だわね。それが一番よっ。やっぱ男はお金がなきゃね、顔は二の次よ、ホント」

「そうですね」

私は面食いではないので、それは心からうなずけた。でも「お金」っていうのは……ねェ。

「年とったらさァ、みんな一緒じゃない。みーんな毛がぬけるか白髪になるかで、顔はしわくちゃになるしね。でもね、甲斐性のある男って、いい顔に老けるのよ。味があるっていうのかなァ。うちのみたいなね。アハハ」

「そんなステキなだんなさんなんですか？」

「そりゃもう……今はね。今、やーっとよ、ホントに。若いうちはさ、女に泣いたりしたけど、ま、そんだけいい男だったから仕方ないんだけどね……。だから我慢したわよ、それなりにやさしかったしねェ……。今じゃあなた、浮気なんてとんでもない、もうおじいちゃんだもの、私だけで充分さね」

〝……うんうん……〟

「だてじゃないのよ……一緒にいることってね。いい時に一緒にいられるのはあたり前。つらい時にいかにそばにいてやれるかよ、夫婦はさ。それなりの縁があって夫婦になったんだからね、大事にしなきゃ……」

……話を聞きながら、自分の両親を思い出していた。よくケンカもするけど、やっぱり仲良しだもん。

父が酔っぱらった時の口癖は、

「パパはママを愛してるんだよ。パパは絶対ね、ママより先に死ぬの。あとを追うなんてイヤだからねェ」

そういうことばっかり。

〝死ぬ〟とかいう言葉がよく出るから、

「だからあまり飲ませたくないの！　ヘンなことばっかり言うんだから。まったく！」

と、母が怒る。いつもそう。

そんな父と母が、私は大好き。生まれ変わったとしても、また今の父と母の子供として生まれたいと思ってる。

ちらっと、そんな話をしたら、

「……うちの子もそう思っててくれてるかねェ、そんなこと言われたら、涙出ちゃうね、きっと……」

さびしそうにつぶやいたマッサージ師さん。

「大丈夫ですよ。そんな仲のいい御夫婦なんだもん。お子さんだって幸せなはずです」

「――そ……ね。うん。そうだといいねェ。ありがとね、うれしいこと言ってくれちゃってホントに……サービスしちゃうよォ」

〝ち……ちからはそのままで……〟

「……なんだかんだ、お客さんとこうしてしゃべることって、いいはけ口なのよね。ま、話せる雰囲気じゃない人もいるけどさ。他の仕事にはない〝ふれあい〟ってやつもあるし、アハハ、体に実際ふれてるしねェ……」

マッサージ師さんの笑い声が、なんかうれしかった。なんかとてもあったかかった。

「いろんな話聞かせてくれて、ありがとうございました」

トロ～ンとした目でお礼を言った。

「こっちこそ、ありがとね。なんかうるさいババァだなァとか思わなかったァ？」

「とんでもないっ!!」

「アハハっ冗談よォ、またよんでね」

「はいっ、ぜひっ！」

体ポカポカ、心ポカポカ……。

《マッサージ師さんその4》

「こんばんは」

「あっ、よろしくですっ、お世話になります」

「……」

「あっ、こっち枕でいいですね、お願いします」

「……」

――そのまま四〇分間、ひと言もしゃべらなかった――

「あっ、はい、お金……」

「……ども……」

ニコリともせず帰っていった。しかし、マッサージはうまかった。彼女を『必殺マッサージ人』と名づけよう。

今日もまた、いろんなホテルでいろんなマッサージ師さんが、お客さんと戦っている。

心のコリも、ほぐしてあげてね。

愛は勝つ

車の旅は楽しい。どんな格好してても、でっかい口あけて寝てても、人様にうしろ指さされないですむ。

メンバーは四人。おなじみマッキー常務、ギターの長髪アニメおたっきーSくん、Sくんのお弟子さんでやや長髪のNくん、そして猫っ毛の長髪のTARAさん。

四月某日金曜日、『みかん絵日記』のアフレコが終わってから事務所へ行って、荷物と商品とマッキー常務を積んで、いざ大阪へと出発した。

Sくんの車は禁煙車なのだけど、常務に煙草を吸うなということは、〝死ね〟

と言ってるのと同じことなので、彼は強力な空気清浄器を購入してきた。

マッキー常務もわりと気ィつかいやさんのとこがあるので、できるだけ本数を減らしていたことを私は知っている。

煙草のかわりだったのだろうか。途中のサービスエリアで買った茶だんごを、もちゃもちゃとルンルンと助手席で食べていた。バナナもはぐはぐ食べていた。この車の旅が一週間つづいていたら、マッキー常務は確実に五キロは太っていたであろう。

高速では、私たちは風になっていた。仏にならなくてよかった……。

〝え？　もう大阪？〟ってなくらいに早く着いたのには驚いた。高速の出口をちょっと間違えて、少々とまどいもしたけど、まァとにかく無事に、目的のホテルまでたどり着いたので、ホッとひと安心。その日はぐっすりと眠れた。夢の中で、マッキー常務が茶だんごを口いっぱいにほおばってニカッと笑っていた。

大阪のライヴが終わったあと、京都へとむかった。心地よい疲労感が、私を眠りへと誘った。誘われるとめったに断われない性格なので、大口あけてクークー眠ってしまった。

そして京都。前回と同じホテル（一月にもツアーをやったのだ）に着いた。時間もそんな遅くなかったので、若者三人で食事に出た。マッキー常務は〝マッサージをして寝る〟というおっちゃんお休みコースをとっていた。

一月の時に行って、とても気に入ってたやきとり屋さんを覚えていたので、そこに行った。これでもかーっというくらいオーダーして、片っぱしからかたづけて〝命の水〟を飲みながら楽しい時間を過ごした。

帰りにおもちをひとつおみやげにたのんだら、自称ファンという方がひとつ多く入れてくれた。愛を感じた。

その夜もぐっすり眠れた。茶だんごをくわえた常務にかわり、羽のついた鳥ガラに追いかけられる夢を見た。

朝起きたら、おもちがかたくなっていた。食べるのを忘れていたのだ。とりあえずライヴハウスに持っていった。捨ててしまったら「もったいないおばけ」が出るからね。

楽屋に置いておいたら、常務が食べてくれた。「かたい」と言いながらも食べてくれた常務の背中で、「もったいないおばけ」が微笑みながらうなずいていた。

その夜は、ホテルの一階の店で食事をした。ライヴが終わったあとの〝お疲れカンパイ〟はホントに、んーまいっ。「うまい」とか「おいしい」ではなく、〝んーまいっ〟なのだ。うん。

あとは名古屋での三時間ライヴを残すのみ。のどがもつか指がもつか、少々の不安を胸に眠りについた。常務も鳥ガラも夢には出てこなかった。

翌朝は一〇時にチェックアウトなので、その時間にロビーに集合となった。どんなにゆっくり行っても、入りの時間までには余裕で着ける。私は笑顔で京都をあとにした。

名古屋には早く着きすぎた。ホテルに行ったが、まだチェックインの時間ではないのではいれなかった。とりあえずライヴハウスに行った。ラッキーにもお店の人がいたので、中にはいることができた。

ギターとか衣裳とか必要なものを運び入れたあと、まだリハーサルまでには時間があったので、将棋をした。N君は将棋がうまい。昨日、京都のライヴハウスで常務とふたりでやっていたのを見て、私はうずうずしていたのだ。うれしかった。

常務は今日は、Sくんとオセロをしている。第三者が見たら、きっと首をかしげただろう、楽屋のこの光景。雰囲気がマジである。

N君とは一勝一敗。一回目は簡単に負けて、二回目で接戦の末、勝った。すっごくうれしかった。握りこぶしで喜んだ。感動だった。この感動を誰かに伝えたくて、とっくにゲームを終えて仕事の話をしてた常務とS君のそばに走りよって、うるうる目で報告した。

〝なんだ、こいつ〟的な冷たい目で見られても、喜びは消えなかった。スキップした足で、そのライヴハウスで飼っているワンくん用のお水のはいったお皿をキックしてしまい、あせって床をふいている時も、顔はにやけたままだった。

その幸せを胸に、さてさて本番、三時間ライヴ。三〇曲弱用意して、気合い入れて臨《のぞ》みやした。

――一時間半後。まだ、八曲しか歌ってない。〝なぜ？〟自分に問いかけた。〝話してばっかだから〟お笑いのTARAちゃんが歌手のTARAちゃんにそう答えた。

ギターのSくんの〝おしりの話〟が、みょーに盛り上がってしまったのだ。

その話は、後々にとっておくことにして、とにかく、そういう話でワッとなったあと、静かなバラードを歌うのは拷問である。目の前におしりの図がうかんで、とても詞の世界に集中できない。

〝プロなら歌うのよっ〟天使のTARAKOがそう叫ぶ。

〝おしり〜〜〜おしり〜〜〜〟悪魔のTARAKOが囁《ささや》いている。

とりあえず、バラードではなく、『でっかいキャンバス』という、ちょっと明るめの曲にかえた。これなら大丈夫だろうとイントロにはいった。

しかし、歌詞の中に〝まんまるおしりの……〟という言葉があることを思い出し、初めの歌い出しのところで、思いきりふきだしてしまった！

〝悪魔が勝った……〟

涙をうかべ鼻水をおさえながら苦しむ私に、お客さんたちはあたたかい拍手をおくってくれた。愛を感じた。そのやさしさに応《こた》えるべく、私は頑張って歌いなおした。一曲歌い終わったあと、何かをやり遂げた充実感でいっぱいだった。

〝やったわね……〟天使が肩をたたいた。

そんなこんなで三時間と三〇分。お店の方に申しわけないと思いつつも、長々とそしてあっという間にライヴは終わった。

祭りのあとのさびしさ、何とも言えないうれしさ。おしりに負けたくやしさなど、もうとうに消え去っていた。これでいいのだ。

打ち上げは、誕生パーティも兼ねて、近くの居酒屋でやった。マッキー常務が三月、S君とN君が四月生まれなのだ。もちろん年は全然違うが、めでたいことにかわりはない。

「かんぱーい♡」

オーダーストップ間近な店で、和気あいあいと時を過ごした。

お店のおばさんに〝可愛いお嬢ちゃんだねェ〟と言われて、テレてしまった
私は、思わず自分の年を言おうとしたが、もっとテレちゃいそうなのでやめた。

お店もそろそろ終わりそうな頃、

「あのー、あなた声優さま？」

さっきのおばさんがまた話しかけてきた。

「あ、いえ、さまではなく、普通の声優ですけど」

たしかに異常な声優さんなどいない。

「あらあ、そう、あの、サイン書いてくれます？　店の子がファンらしくて」

がってんでいっ、とばかりに喜んで書いた。

「どうもありがとう。すみませんねェ」

「あ、いいえ、全然」

「ほーんと、可愛いわねェ」

〝あと三〇枚は書ける〟そんな気持ちになった。

店を出る時、そのおばさんがティッシュをいっぱいくれた。

「また来て下さいね」

愛を感じた。

最終日の夜も、ぐっすり眠れた。夢の中で、おしりがティッシュ持って踊ってた。妙にリアルな組み合せだなァと感心した。つづく。

続・愛は勝つ

車の旅は楽しい。好きなCDは聴けるし、サービスエリアで豚汁定食は食べれるし、おみやげいっぱい買っても荷物になって困ることもないし、とにかくうれしいことが多い。

ツアーも最終の名古屋を終え、あとは帰るばかりとなった。あっという間の三日間。移動日をいれると計五日間。ほんとうに楽しかった。次に来るのは七月の終わりから八月にかけて。それまでに新曲を作んなきゃ。もちろん本の原稿書きも（三笠書房の本田さん、遅くなっててごめんなさい）。

さあ、東京に出発！　運転手はN君、ナビはマッキー常務。A型の運転にB

型のナビ、完璧だ。うしろの席には、N君の運転を見守る師匠の血液型OのS君と、くーかくーか寝てるAB型のTARAKOさん。A・B・O・ABと、見事にそろったこの4人。たしかにバランスはとれてる気がする。GOODなメンバーだ。

前回、一月のツアーでは、N君の運転は、アイドル系の曲を聴くと火を吹くことが判明した。中森明菜はまだいいが、南沙織で全開バリバリになるN君の運転は並じゃない。

助手席に座るマッキー常務が、たまに無口になるのは、言い知れぬ恐怖と闘っていたからであろう。

〝選曲は慎重にしなければ……〟

常務がかたく決意したからかどうかはわからないが、今回は明菜ちゃんも沙織さんも持って来てなかった。

〝じゃあ、アイドル系は……？〟と聞いたら、少々古めのカセットを出し、フッというような笑みを浮かべ、それを入れた。

〝……三原順子……〟

そういえば……。もうかれこれ一〇年以上前になるが、常務の家イコール事務所だった頃、壁に三原順子のカレンダーがはってあったことを思い出した。

「好きだったんだよね……」

哀愁まじりの声で、常務はそっとつぶやいた。

しかし、N君のハートに火はつかなかった。意外にも、甲斐バンドが好評だったらしい。「ヒーロー……」と一緒に歌いながら、スピードメーターの針はふりきっていた……。


食事をとろうと、浜名湖のサービスエリアに止まった。普段の日なのに車が多い。お昼時だったから、とくに混んでいた。

車を降りて、レストランのほうに行った。食券を買わなければならないので、常務が列のあとについた。

〝先に席をとっておこう〟ということで、中にはいろうとしたら、『係員が御案内しますのでお待ち下さい』という看板と、案内人らしき人が立っていたので待っていた。

そのうち、あとから人がはいってきた。

「何名ですか?」と、案内人のおじさんが聞くと、「ひとり、ひとり」と言いながらその人ははいっていった。食券らしきものを持っていた。

〝あ、そっか、食券持ってないと案内してくれないんだなァ〟と思い、常務を待っていた。そして、常務が来る頃を見はからって、

「四名なんですけど」と言ったら、

「ちょっとお待ち下さい」と言われたので、待っていた。

しかし、そのあとのお客さんには、〝どうぞ〟と案内していたので、常務から食券を受けとって、案内人のおじさんに見えるように手に持って待っていた

ら、うしろからきたお客さんに、〃何名ですか？〃と聞いて、〃三名〃と答えたそのお客さんたちを〃どうぞ〃と言って案内しはじめた。

さすがにヘンだと思い、

「あの……こっちのが先なんですけど……」

と、ちょっとムッとして言ったら、

「少々お待ち下さい」と、こっちの目も見ず言われちゃったもんだから、堪忍袋の緒が切れちゃったのよ、さすがに。

そしたら常務がやってきて「どうした？」と聞いてくれたので事情を話したら、

「そ、じゃ、出ようか」

〃……へっ!?〃

「いいよ、帰ろう。これ、払いもどしてくれる？」

案内人のおじさんに食券を渡した。おじさんはだまってそれを受けとり、レジのほうへ行った。

「早くして下さいよ！」

Ｓくんのとどめのひと言に、私と常務は思わず声を出して笑った。

「ＴＡＲＡが怒るなんてめずらしいじゃない」

と、常務に言われたので、

「私、守らないのって嫌いなんです」

と、締め切りも待ち合わせの時間もよく遅れる私が、きっぱりとそう言いきった。

そしてお金を返してもらい、「サイテーな店」と言ってそこを出た。正確には違ったな。「サイテーな案内人」だった。それが正しい。

「食券がないと、はいれないいんですよ」

とか、

「今混みあってますので少々お待ち下さい」

とか、ちゃんと納得できる態度をとってくれればいいのに、人の目を見ない、順番を守らない、なんてとんでもないやいっ。

女子化粧室でどんなにわりこまれても怒らないTARAちゃんを、こんなに怒らせてくれたおじさんの名前、知りたかったなァ。だって、どうしてそういう態度とられるのか、理由がわからないんだもの。悪いことなんか何もしてないのに……。

で、おみやげをちょっと買って、次の牧之原のサービスエリアまで行った。そこで豚汁定食を気分よく食べて、おみやげを買って、わりとニコニコと帰っていった。牧之原の店員さんがとても感じよかったので、もう前の案内人のおじさんのことは忘れていた。S君が浜名湖サービスエリアを出た時に、

「次も何かあったら、俺あばれるよ」

と言っていたので、とりあえず『巨人の星』の星一徹状態にはならずにすんでホッとした。

「あのおじさん、カツラだったんじゃないの」

マッキー常務が言った。

「髪が長くてフサフサしてる奴ばっかだったから気に入らなかったんじゃない？」

〝なーるほど。そう考えればうなずける。うんうん。……それに、お昼時でお客さんいっぱいいて、疲れてイライラしていたのかもしれないし……怒っちゃって悪かったかなァ〟

少々反省しながらいつのまにか眠ってしまってたのか、気がついたら事務所の前でクッション抱きながら口開けてた。

次の旅も楽しみ。今度こそ、浜名湖の豚汁定食食べるもんね。あの案内人のおじさんに、大きな声で言っちゃうんだ。「四名です!!」ってね♡

愛、感じてくれるといいなァ。

負けないで

もう終わってしまったが、東海テレビの『TVいんでっくす』という番組で、私は準レギュラー的にレポーターをやらせてもらっていた。

番組の司会は、ジェームス三木さんと美木良介さん。おふたかたともほんとうに面白くてステキで、いつも撮りの日が楽しくて仕方なかった。笑ってばかりいたので小ジワも増えた。

ところで、この番組のレポーターの仕事は、私にあらゆることを学ばせてくれた。

《初体験ＶＯＬ１》釣船

あれは忘れもしない、九州は小倉。「究極の鮨」を求めて、はるばるやって来ちゃったわけだ。

自分で釣った魚を、そのままネタとしてお店に出しちゃうというお鮨屋さんにズームイン。一緒に釣船に乗ってレポートをすることになった。

午前三時……。寒い寒いと聞いていたので、私はオーバーオールの下にセーター、トレーナー、Ｔシャツを着こみ、タイツを二枚はき、ブーツをはいて船に乗りこんだ。

しかし、甘かった。おしるこに大福を入れて、グラニュー糖をまぶしたくらいに甘かった。寒いなんてもんじゃない。すぅあむぅぅぅぅいぃよぉぉぉ……凍りつくほど寒かった……。

まだ出発する前から、寒さにふるえていた私は、これからやってくる、今以上の苦しみを知るよしもなかった……。

船は出てゆくえっちらこ。まだ暗い夜中の海は、まるで魔界のようだ。ゆらゆらと、そしてエンジン音を響かせ、シャーッとスピードをあげた。

「お――っ」

寒いけど、とにかく初めての出来事に少し期待もしながら、体育座りのままかたまっていた。

しばらくすると、ほんの少し明るくなってきた。しかし寒さは変わらない。

太陽はまだもったいぶっていた。いけずー。

船が止まった。どうやらここで釣るらしい。さあ、私も仕事タイムだ。マイクをつけて、御主人にインタビューをはじめた。すごく笑顔のやさしい御主人だ。

「ちょっとここはダメですねェ、場所を変えましょう」

また船を走らせた。……走らせた……。

〝……あれっ……なんか……気持ち悪い……〟

ときおりかぶる波にぬれたジーンズにも気をとめず、私は、かっぷしと石になった。

〝……はくっ、寒いっ、はくっ、寒いっ……〟

唇がガチガチと音をたててるのがわかる。さっきまでの元気は、小倉の海に落っこちてしまった。私は石……。

「TARAちゃん、ちょっとダメみたいです」

マネージャーとしてついてきてくれた美砂ちゃんが、ディレクターさんに話してくれた。遠くでかすかにそんなやりとりが聞こえた。しかし私は石……。どうにでもして……。

「とりあえず、あがりましょう」

御主人が、船をそばの港（ってほど大きかったかな？）につけてくれた。とにかく何かあたたかいものをと、みんな船から降りた。石《わたし》も降ろしてもらった。足が『三百六十五歩のマーチ』してた（三歩進んで二歩さがるヨロヨロ）。

小さな食堂（ドライブインとは言わないよね？　フィッシングイン？）には、天の助けのストーブが、ごうごうと赤く燃えていた。

〝……他は何もいらない……君さえいればいい〟

そのままストーブを思いきり抱きしめたかった。ここはパラダイスだ。ひとり食欲のない私は、ただひたすらストーブにすりすりしてた。

そして神の声。

「ＴＡＲＡちゃん、ここで待っててていいよ」

〝——えっ？〟

「美砂ちゃんとここにいて。俺たち釣ってくるから」

「え……いいんですか……？」顔は笑っていた。

「うん、釣ったらこっちもどってくるから」

〝うれじいーっ!!〟

根性なしのＴＡＲＡが花火をあげた。しかし、もうひとりの良い子ＴＡＲＡ

が、

〝プロでしょ？　そんなことでいいの？〟

そっと囁《ささや》いたが、花火の前には塵《ちり》も同然だった。

「……すみません……」

「早く元気になって。じゃっ」

御主人とスタッフさんたちは、また海にくりだしていった。ＢＧＭはもちろん北島三郎さんだ。

〝海は男の世界……〟

鳥羽一郎さんの『兄弟船』も捨てがたい。

そして、一時間が過ぎた。ストーブのあったかさと陸地のたしかな感触のおかげで、すっかり元気になった私は、ひとつ不思議なことに気づいた。

〝おみやげ品に、下ノ関ののれん？〟

ここってば九州のはずなのになんで？　あっ、あっちは下ノ関のちょうちん。

「あのー」

店員さんにたずねてみた。

「ここは、何県ですか？」

私、ヘンな奴してるかもしれないと思ったが、言ってしまった言葉はかえらない。

「あ、山口県ですよ」

小学生に教えるがごとく丁寧に、かつ微笑みながら答えてくれた。

どっひゃー！　である。

「どっひゃーだね」

思ったことをそのまま口に出してみるとは、我ながらくどい。しかし、びっくりだ。

「しかしびっくりだよねェ」……くどい。

一緒にびっくりした美砂ちゃんも、

「本州に来ちゃったんですねェ」

と笑って言った。つられて笑った。

山口県に来たのは初めてだった。しかもその初めてが、船に酔って寒さで石になった状態の時になんて、なんかチョット情けない。山口県に申しわけない。

「今度はちゃんと人間として来ます」

小倉へ帰る船の中で、そう海に誓った……。

《初体験ＶＯＬ2》ヘリコプター
幻の魚、サツキマスを追うというシリーズで、長良川をレポートするため、ヘリコプターに乗ることになった。うれしかった。高い所は大好きだ。期待で胸はわっくわくだった。しかし……。
〝……寒い……〟

ドアを片っぽとって乗るなんて知らなかった私は、多少胸のあいたTシャツと短めのスカートで、首まわりもひざこぞうもスースーヒヤヒヤ、ヒューヒューポーポーだった。

〝……もう、どうにでもして……〟

海の上でも空の彼方《かなた》でも、私は、石……。

《初体験ＶＯＬ３》黒豚くんを抱っこ

『究極のカツ丼』というシリーズで、私は埼玉県のとある所にある、黒豚養豚場に行った。先に食べるシーンを撮って、それから黒豚くんたちに会いに行った。

「うおーっ、大っきいー」

大人の黒豚さんはほんとうに大きかった。小さなカバさんくらいあった。中にはいったら、小さな子黒豚くんたちがいた。〝かわいー〟と思わず言ったら、抱っこさせてくれたっ!!

「……うわあっ……」

心臓がトクントクン、指の先から伝わってくる。トクントクン、いとしい鼓動が伝わってくる。トクン……トクン……。

目がうるんできた。あったかいこの子が哀《かな》しかった。つぶらな瞳がせつなかった。

「あ、ありがとうございました……」

ロケ車にもどって、泣いた。涙がとまらなかった。きっとしばらく、カツ丼は食べられないと思った。あの鼓動が手から消えないかぎり……。

しかし、無情にも翌日は、岡山でデミグラカツ丼なるものを食べねばならぬ私でした……。

〝人生って、こんなものね……〟

悟りをひらく私の前で、できたてのカツ丼が笑っていた。ホカホカと。

《初体験VOL4》牛さんと同化

『究極のすきやき』というシリーズで、私は松阪牛《まつさかうし》を育てているという方に対面した。ホントに子供を育てるような愛情をもって、接していることがわかる。手離す時はつらいだろうな。

そして私は、牛もようのパジャマを着て、牛さんのお部屋（？）にお邪魔した。

「なーがいことやってっけど、そん中にはいった女の子は初めてだよォ」

係の方がおっしゃった。みんな怖がってはいらないらしい。私はなんの抵抗もない。むしろうれしくてしょうがない。

「あの、さわっていいですか？」

まず、角にさわらせてもらった。あったかかった。牛さんが横目で見てた。次にお腹をさわった。これまたあったかかった。ほんとに……あったかかった……。

きっとしばらく、すきやきは食べられないと思った。このぬくもりが消えないかぎり……。

しかしまた次の日には、近江牛《おうみうし》にかぶりつくTARAKOさんがそこにいた。

《初体験VOL5》うなぎ恋しかの川

『究極のうな丼』というシリーズで、私は土佐の高知の四万十《しまんと》川に行った。うわさどおりほんとうにきれいな川だった。地元の人たちもやさしかった。空もまっ青、空気もおいしい。

「……生きててよかったァ……」

そんな言葉が自然に出てくる場所。『舟母《せんば》』の御主人とおかみさん、元気かなァ。

四万十川には、天然のうなぎがいーっぱい。それをとってその場でさばいて、タレにつけて焼いたうなぎを、あったかいごはんにのせる。こいつぁうなぎ好きにはたまりましぇん！

さっそく、御主人がさばいてくれることになった。まず頭を……頭を……、

「おーーっ！」

思わず声をあげてしまった。頭、というか首（？）のあたりに千枚通しみたいのをさされたうなぎが、ジタバタとそれにからみついている。

「TARAちゃーん、それ、おさえてー」

〝げげーっ！〟

今、うなぎがシュルリとからみついてる千枚通しの上を、もっ、持たねばならない……！

「はっ、はひっ」

人さし指の先っぽで、その一番上の先っぽをソッとおさえた。目はそむけていた。

「……うっうっ〜〜〜」

人さし指に感じるうなぎの叫びを受けとめながら、きっとしばらく、うなぎは食べられないと思った。この振動が消えて……そう、さばいてタレにつけて焼きあがるまでは、食べられない！

二〇分後、たまらなくいい香りの天然うな丼を両手に抱き、うるうる目で感動する私がいた。

「人はみな、こうして強くなってゆくのね……」

そっとつぶやき、できたてのうな丼を一気にかっこむ私であった……。

ゆめいっぱい

『ＴＶいんでっくす』のレポーターの仕事は、ほんとうに楽しかった。いろいろ寒いこともあったけど、それ以上に、ステキな出会いや面白い出来事がたくさんあった。番組は終わっちゃったけど、機会があったらまたやりたい。

《初体験ＶＯＬ６》舞妓さんと遭遇

一月某日、京都の上七軒《かみしちけん》という風流な所に行った。舞妓さんになりたての女の子たちを取材するためだ。

穴があったらはいりたい的恥ずかしさだが、実は私は、お茶屋さんというものをよく知らなかった。〝お茶を飲むとこ〟くらいに思っていたのだ。一緒に行った美砂ちゃんに笑われた。無理もない。

「ひょえ〜〜〜」

昔懐かしい箱階段や火ばち。菅井きんさんが「婿どの〜」とか言いながら、今にも現われそうなこの光景。そして二階にあがらせてもらって、もっとびっくり。

「ふわ〜〜〜〜〜」

時代劇だ！　そのまんまだ！　中庭の向こうの奥座敷から、悪代官と越後屋の会話が……。

「越後屋ァ、おぬしもワルよのォ」

「いやいやお代官様には負けまする」

「ほっほっ、なかなか言うのォ」

「ままま……これは黄金の菓子ですが……」

「ほ――っほっほっ、そうかそうか……」

ってな具合に聞こえてきそうで楽しい。しかしこれは劇のセットではなくほんものだ。ほんとうにこういう世界があったのだ。

〝ひとーつ人の世の生き血をすすりー……〟

まだしばらくは時代劇をひっぱりそうだ。許しておくんなさい。それだけすごい感動であったんでさァ。へっ。

そしていよいよ舞妓さんに会った。みんな若い。一五歳～一八歳という初々しさ。

なんと意外にも、京都出身の人がひとりもいないのだ。でももちろんみんな京都弁をしゃべっている。おちょぼ口が可愛い。

「おおきに、おかあさん」

うわーっ、べりいぷりてぃ♡　真似しちゃお♡

「おーきにおかあさん」

……何かが違う、何かが足りない……。

そして、記念撮影。はいチーズ。

浦島たらこは、現実にもどるのでした。

《初体験ＶＯＬ７》ドクター中松宅訪問
とにかくすごいお部屋ばかり。静の部屋と動の部屋。ベートーベンの交響曲第五番を聞き、頭のよくなるチェアーに座る。賞状だらけの壁、そしてトロフィーの数々、たくさんのカメラ。
ドクター中松発明のジョギングシューズをはき、原宿を走ったあの日。青春だった……。

《初体験ＶＯＬ８》マグロを見た！

二月某日、和歌山県串本に行った。養殖マグロに会うためだ。マグロの大きさなど知らなかった私は、そのでっかさにただただドビックリだった。船に乗って海にある生け簀《す》まで行ったのだが、数もとにかくすごい。

〝あれ一匹で何百万……〟

夢のない発想は、お腹がすいていたせいだろうか。とにかくポカンとながめるだけだった。

「それじゃ、釣りますね」

係の方が、エサ用の魚を投げる。シャベルでたくさん放りこんでいる。私もやらせてもらったが、遠くにはとばず、手前にボトボト落ちてしまった。

「あっ、かかったっ!!」

エサのうち、一匹に釣り糸をつけておいたのだが、それに食らいついたマグロがいた！

「うお〰〰っ」

吉田栄作さんが叫んだのではない。

とにかく、奴はすごい力でイヤイヤしている。そりゃそうだ。誰だってマグロだって、好きでつかまりたいとは思わない。命はおしい。

「がんばれーっ!!」

今だから言える話だが、実はＴＡＲＡＫＯさんはこの時、マグロを応援していたのだ。早く釣らなければ仕事が長びくとわかってはいても、弱いものを応援してしまうのが人間の性《さが》だ。

「がんばれーっ……マグロォ」

ちっちゃい声でエールをおくった。しかし声援むなしく、マグロの一郎くん（なぜか名前をつけたかった）はつかまってしまった。

氷のお風呂に一郎くんと二郎くんを入れて、船はさっそうと、陸へともどっていった。

何日か後、私は一郎くんを食せねばならない。せめて清い心でその場に臨もうと、そっと十字をきった――。

《初体験ＶＯＬ９》マイナス七〇度体験

一郎くんに出会った四日後、『マグロ・天然VS養殖』ということで、その勝負の場である静岡県は清水港にやって来た。

ここには、とにかくたくさんのマグロがあがる。車一台買えちゃうほど高いマグロを、一匹まるごと買ってしまうお鮨屋の御主人に案内されて、マグロの貯蔵庫を取材するのだ。

〝……寒い……〟

イヤな予感がした。その時の私は、コートこそ着てたものの、その下は普通の格好、まして下はスカート。まさかほんとうに中にはいることになるとは思わなかった。

〝……鼻が、音してる、息ができない……〟

足は、〝寒い〟を通りこして、〝痛い〟。

「はいっ、ここがマイナス七〇度の冷凍庫の中です。これは何のマグロですかァ？」

「これは……」

「じゃ、こっちはァ？」

「こっちですねェ……」

その間にも、足は動かしたままだ。マラソンというより、もも上げしてると言ったほうが正しい。そのうちそれさえもできなくなり、うずくまってひたすら足をさすっていた。

「もうそろそろ出たほうがいいです」

案内の方がそう言ってくれたので、やっと雪だるまから解放された。

二月の、まだ肌寒い外の空気がハワイアンセンター並みにあたたかく、心地よかった。

〝アラスカからブラジル行ったらサウナだな〟

わけのわかんないことを思いながら、日本に住む喜びをヒシヒシと感じていた。

†

つらい体験を〝つらい〟って思っちゃうとそれまでだから、「めったにできない貴重な体験」として、大切に心にしまっている。

それに、私なんかまだまだ甘い。ようかんに生クリームをのせて、こんぺい糖をトッピングしたように甘い。

これから、これから。だって、なんだかんだ言っても、みんな楽しんじゃったもの。

スタッフさんたちも、いい人ばっかりだった。これホント。もっといろーんなこと経験して、いろーんな人たちと出会いたい。

ゆめは果てしなく続いているのだ！

昭和枯れすすき

私は一九歳の時、理由あって前歯がぬけた。根もとからスッポリとれてしまったのでさし歯にもできず、しばらくは前歯が一本ない状態で生活していた。

「スースー風通しいいね」

「口閉じてもストローすっぽりはいっていいね」

「みっともないね」

いろいろなことを言われたが、なんせお金がなかったので（前歯は保険がきかない）、とにかくずっとそのままでいた。

ライヴの時は、マイクで口をかくせたからラッキーだった。芝居の時は、インスタントの安いつけ歯をさして舞台に上がったが、痛かったし気持ち悪かった。

　そして、歯のない状態のまま、初めてのレギュラー番組が決まった。オーディション、受かってしまったのだ。

　そろそろ両親にお金かりてでも歯を入れようと思っていた矢先に、ラッキーなのか、アンラッキーなのか……。

　もし歯を入れて声が変わっちゃったら困るので、またまたしばらく前歯なし人生をつづけることにした。これも運命と悟った。

　そして、そのレギュラー番組によって、わりと人気出ちゃったものだから、仕事が増えたり、ライヴのお客さんも増えたりで、とまどいながらもうれしい私だった。

　某雑誌では、レオタードなんかも着ちゃったりしたが、今思い出してもひたすら恥ずかしい。初めてそれを身につけた私は、レオタードというものの実体をまったく知らなかったのだ。ガードルの線があんなにくっきりうつるほど薄い布地のものだったとは……。

顔から火がぶはっと出る思いだった。今でもこれだけは笑って話せないことである。

事務所でオリジナルテープを作った時も、写真選びが一番苦労したのじゃないかなァと思う。いかに口がかくれててよい写りの写真を選ぶか……カメラマンさんも、アングルに気をつかって撮っていたことだろう。

初対面の人には、ほとんど笑われた。

たったひとりだけ、笑わなかった人がいたので不思議に思ったが、その人がしゃべりだした瞬間、その理由がわかった。

〝前歯ない……それも二本も……〟

同類、あいっあわれむでいっ！

一九八三年、ファーストアルバムが出ることになった。さすがに、前歯をいれた。

ある意味で、何かが終わった気がした……。

あーらびっくり

私の声は、今だから〝おもしろい〟〝可愛い〟とか言われるけど、『ちびまる子ちゃん』をやるまでは、〝主役をやれない声〟〝個性がない〟などなど言われてたりもしたのだ。

私自身、自分の声が好きじゃなかったし、ヒロイン声と呼ばれる人たちがホントうらやましかった。

一度でいいからお姫様の声とかやってみたいと思ってた。〝きゃー〟という悲鳴が似合うソプラノ声になりたいと思ってた。コンプレックスの源であるこの声が、ほんとうに嫌いだった時もあった。

ところがどっこい。『ちびまる子ちゃん』がヒットしちゃったら、まわりの評判もうなぎのぼりだった。

「ぴったりだよね」

よくそう言われたけど、たまたま合うキャラクターが見つかっただけで、私自身うまくなったとかそういうのじゃないから、あまり素直には喜べなかった。

でも単純な人間の〝？〟は長くはつづかないのだ。

〝ま、いっか。仕事も増えたし、うん〟

とりあえずヨシとして、商売道具である自分の声を愛そうと思った。

「TARAKOさんの声が好きです」とか「TARAKOさんみたいになりたい」などのファンレターをもらうと、もう背中ふるふるさせて感激した。

その半面、ヒロイン声への憧れも、やはり消えずにいたのだ。

そんなある晩、夢を見た。

〝声が……出ない……〟

いくら話そうと思っても、声が出ないのだ。汗がポタポタ落ちる。涙もあふれてくる。のどをかきむしっても何も変わらない。うずくまっていると……声が出た。それも、とてもきれいな声、あんなに憧れてたヒロイン声だ。

さすが夢の中、もうアフレコスタジオに変わっている。私の出番だ。なぜか台本がない。

それでもしゃべっている、きれいな声で。まわりの人たちも、思い思いのセリフを叫んでる。

私も叫んでるのに、自分の声が見つからない。たしかに叫んでるのに、どれが自分の声かわからない。目を閉じて耳をふさいだ瞬間――。

……目が覚めた。すごい汗だ。鼓動も早い。

〝……夢……よかった……〟

おっきなため息と一緒に、なんかつっかえてたものがとれた気がした。

〝ホントによかった、夢でよかった〟

その日を境に、コンプレックスはなくなった。どんな声でも、これはＴＡＲＡＫＯの声。世界にたったひとつしかない私の声。大事にしなくちゃバチがあたる！

耳かして……

昔（といってもちょっと前）、『こだわりTV PRE☆STAGE』という番組にレギュラーで出てた頃、いわゆるひとつのですね、〝霊〟さんがらみの怖いことがあったのです。

弱虫なもんだから、ほんとうに何度泣いたことか……。

一番最初は、髪の毛をひっぱられた。本番中、つんつんと。

サーッと血の気がひいていくのがわかった。そして鼓動が早くなり、目がうるうるしてきた。生まれて初めてのその衝撃に、寿命が二年は縮んだ気がした。

「……今……髪ひっぱられた……」

本番中思わずつぶやいてしまったら、池田貴族さんに、

「あ、今そっちからニオイした」

みたいなこと言われちゃって、しょえ〜〜〜〜となってしまったとさっ。

そしてそのあと、声を聞いた。この時も本番中で貴族さんも一緒に聞いてた。

たしかに人間の声じゃあなかった。うまく表現できないけど、何かが違うの。

ゾッとした。


そんな風に怖がってる私を救ってくれたのが、親友のひろちゃん。アナウンサーの彼女は、それ以外でもいろいろ活躍してる人なのだけど、不思議な魅力&力を持ってるの。

「ＴＡＲＡちゃんは大丈夫、絶対大丈夫。怖がることないよォ」

って、ひろちゃんに笑顔で言われてから、勇気がわいちゃったのだよ。怖くないって言ったら嘘になるけど、その怖さがやわらいだっていうか、うんうん。

〝たーんじゅんっ〟

何とでも言ってくれいっ。信じる者は救われるってやつでんがな。

「TARAちゃんは守られてるから大丈夫」

というひろちゃんのうれしい言葉を胸に抱き、毎日頑張っちゃってるんだもんね。

でもでも、金縛りはあいかわらず苦手だな。めったにあわなくなってきたから、余計にね、たまにあうとかなりつらい。

昔は、しょっちゅうだった。眠るのが怖かった。夜中にずっと電気つけっ放しにしてたり……。

〝若かったんだなァ……〟

あっ、全然カンケーない？　失礼、失礼。

ということで、実家に帰ると、かならずお墓参りをするＴＡＲＡＫＯさんのひそひそ話でした。聞こえた？

マッキー常務の反撃コーナー①

そう、ぼくがウワサのマッキー常務です。

今回のTARAちゃんのエッセイでは、どうもぼくが登場するケースが多く、あることとないことたくさん書かれているようなので、TARAちゃんの了承を得て、反撃コーナーを設けてもらいました。

「マネージャーの泣き言なんて読みたかねェよ」という方は御遠慮なくとばしておくんなまし。

TARAちゃんと会ったのは、今から一二年前になるでしょうか。私が事務所をつくる前の話です。そういう訳で（どういう訳だ）、TARAちゃんは、わがトルバドール音楽事務所の第一号アーティストなのです。

最初の印象は、暗い女の子でした。歌っていた歌も暗い歌でした。何をするにも自信なさそうで、ほっぺたの大きさと、人への気のつかいすぎ、それから酔っぱらった時（たしかまだ未成年でしたよね）の怖さが記憶に残っています。

昔、デビュー前に彼女に言ったことがあります。

「ＴＡＲＡちゃん。アーティストは、そんなに人に気ばっかりつかってちゃ駄目だよ」

でも、今から考えると、たとえ超一流のアーティストにはなれなくとも、そのやさしさが誰からも愛され、長つづきする〝ＴＡＲＡＫＯ〟になれたのだろうと思います。

そういう意味では、僕が間違っていたのかなァと思う今日この頃です。ただ、電車移動の時に、手に持ちきれない程おみやげを買うのはやめてネ。

マッキー常務の反撃コーナー②

〝TARAKO〟という芸名の、名づけ親はぼくです。出会った頃、ショートカットとあのトロいおしゃべりで、『サザエさん』のタラちゃんにそっくりだったことから、「これしかない」とつけました。

でもカタカナやひらがなだと、魚屋さんに売っている赤い物体になってしまうので、アルファベットにしたのです。

よく本名を聞かれますが、うちの事務所の方針が、

「プライベートは守る」

という主義なので、絶対言いません。

『ちびまる子ちゃん』で売れた頃、御家族の方に取材を……という話もたくさんきましたが、全部お断わりしました。だって、普通の会社勤めの人たちでも、仕事終わってからまで制約されたくないですものね。

……でも、少しくらい、スキャンダルがあってもいいかなァ。

マッキー常務の反撃コーナー③

※検証その1～ぼくは短気か～

『続・愛は勝つ』を見て下さい。

浜名湖で、先に怒ったのはＴＡＲＡちゃんです。僕は決定を下しただけなのですから。

たしかに、理不尽な扱いをされると怒ります。それが仕事先でも、間違った相手には頭を下げません。でも、それって普通ですよね。すなわち、ぼくはそれほど短気ではありません。

❖検証その2～ぼくはそんなにスゴイ人相か～

『天国より高いとこ行こうよＰＡＲＴⅡ』を読んでほしい。

そう、ＴＡＲＡちゃんは面食いではないのだ。

その面食いではないＴＡＲＡちゃんが、一二年も一緒にいて惚れない顔。それがぼくなのである。すなわち、ぼくは二枚目なのだ。ハハハハ。

あの日を忘れない

それはある晴れた日のできごと。

桜咲いたよお花見日和。飲めや歌えや楽しやコリャコリャ。いい季節がやってまいりやした。

こいつァ盛り上がるっきゃないっつーことで、わが『ちびまる子軍団』もくりだしましたよ、新宿のとある公園へ。

その日出番のない人たちが早くから場所とりをしてくれて、番組のとりが終わってから、みんなでズラズラと移動したわけでさァ。

いやーっ、さすがにすごい人。サラリーマンさんがいっぱい。

「今夜は無礼講だーっ」

とかなんとか言いながら、酔った勢いで気に入らない上司にネチッとからんだりして、次の日には心身まっ青なんてことになっちゃう人も少なかないやね。

「あらーっ♡」

思わず声が出てしまったのも無理はない。さすがそっち、でも有名な公園。カップルがわんさか周りのベンチで世界をつくっている。

〝花見で酔っぱらうおっちゃんたちを見ながら愛を語れるのだろうか……〟

なーんてヤボな心配いらないってことよ。

彼らに見えるものは、夜空に光る数個の星と、満開の桜と自分のハニーだけ。誰が酔っぱらってさわごーが服ぬごーが、おかまいなしってェわけだ。それなら安心レッツドンチャン。

「かんぱーいっ!!」

まずはビールで景気づけ。役者もスタッフも飲むの好きな人が多いから、どんどん出る出る空カンの山。
料理もけっこういける。コンロつかってあったかもんまで出ちゃうもの、本格的だよっ。こいつぁスゴイッ♡
話はちょっと変わるけど、『ちびまる子ちゃん』のアフレコは、ほんとうに楽しかった。どうしてこんなにいいメンバーなんだろうとつくづく思った。アフレコが終わった今でも、たまにみんなで集まって飲んだりしてる。みんな変わらない。やさしい人ばかり。ほんとうにみんな大好き！　心から言いたい！
いや〜っ。こういう場所を借りて言わなきゃ言えないもんね。本人たちにむかって言うにはちィとばっかテレくさいしね。へへっ♡
……ってぇなことで、話はもどって花見の実況。みんなそろそろ酔ってきたかな。声が大きくなってきた。声が大きく……。

〝ありゃ〜っ〟

まわりでイチャイチャしてたカップルさんがこっちを見てる。首をかしげてる人あり、指をさしてる人ありって、そりゃそうだわ。

ひろしやすみれ、お姉ちゃんが笑う。花輪くんや丸尾くんが叫ぶ。

おじいちゃんやおばあちゃん、はまじに関口、ブー太郎に藤木、永沢くんにみぎわさん、戸川先生も、はてまたナレーションのキートンさんの声。とどめはまる子がおたけぶぜいっ!!

「ばんざーいっ!!」

みーんないっしょだ。

「ばんざーい!!」

♬さくらさくら……さァもう一度、

「ばんざーいっ!!」

祭りのあとの静けさは、また次にくる喜びのはじまり。生まれて初めてのお花見会は、最高に楽しいものだった。

そしてその年の秋、ＴＶ『ちびまる子ちゃん』は幕を閉じた。

嵐のような三年間。

私にとっての一番の財産は、この番組の役者さんやスタッフさんたちに会えたこと。嘘いつわりなくそう言える。

ただ、どうして終わっちゃったのか、ほんとうの理由はわからない。知りたいとも思わない。知ったところで何がどうなるわけでもない。

毎年、お花見の時期になると、つい新宿の公園に足がむく。私たちがいたその場所で、サラリーマンさんやＯＬさんたちが、歌いながら盛り上がってる。

それでも私の目に映るのは、あの時のみんなの笑い顔と酔っぱらった顔。

〝ばんざーいっ。ばんざーいっ〟
心の中で何度もつぶやく。
〝ばんざーいっ。ばんざーいっ〟
桜は満開。お空にいっぱい。

おしりの〝ちゃくせーき〟

最後まで読んでくれてありがとう。
目、疲れてないですか？
眠くないですか？
お腹すいてないですか？

ごめんね。
この本は食べられません。

解説

キートン山田

本書のおしまいの話「あの日を忘れない」では、新宿のとある公園でのお花見で、テレビアニメ『ちびまる子ちゃん』声の出演者のどんちゃん騒ぎの様子が描かれています。

ナレーションを担当したぼくも、もちろんその中にいます。この年の秋（一九九二年九月）に、三年近くにおよんだアニメ番組『ちびまる子ちゃん』は、いったん放送が終わりました。

ＴＡＲＡちゃんは、この終了について、

「ただ、どうして終わっちゃったのか、ほんとうの理由はわからない。知りたいとも思わない」

と、ちょっと突き放し気味に書いていますが、無念さも滲《にじ》んでいます。

放送終了は、どうやら原作者のさくらももこさんご自身のテレビアニメに関する持論「作品の質が維持される寿命は三年」にあったようです。

そのうえ、さくらさんはこだわりの人ですから、毎週のアニメの脚本もご自身で書いていました。ただでさえ忙しいのに、これは大変なことです。

ところが、アニメ『ちびまる子ちゃん』の終了を惜《お》しむさまざまなファンの声に押されて、さくらさんは番組の再開（一九九五年一月から）に同意したのです。

それからすでに三〇年近くたっています。ＴＡＲＡちゃんも『ちびまる子ちゃん』がこんなに続くとは思ってなかったでしょう。なにしろ昔は、アニメ番組はせいぜい半年、長くても一年で終わっていましたから。

小学校三年生のまる子を六三歳（享年）のＴＡＲＡちゃんが、違和感なくアフレコすること自体、普通に考えればすごいことです。正直言うと、生身の声は変化するし、歳をとります。若い頃の声をずっと維持するのは難しいのです。

ぼく自身、いま七八歳です。声は、若い頃とまあ同じように人には聞こえるかもしれません。ですが実際は、かなり変わってきています。

では、どうしたらいいのか。声の老け防止には、なにより「気持ち」が大事です。声の変わりようを視聴者に感じさせないように演じることが声優の使命なのです。アニメのキャラクターは、何年たとうとも歳をとりません。でも、声優は年齢を重ねます。しかし、役の心をしっかりつかんで気持をこめれば、相当に補《おぎな》えるものなのです。そこが、声優の仕事の面白さでもあります。

怠惰《たいだ》でトラブルメーカーだけど、憎《にく》めない少女まるちゃん。どこでもいそうな、そんなキャラクターをＴＡＲＡちゃんは全力で演じていました。そして、収録現場での座長ともいえるＴＡＲＡちゃんが、声のチームをまとめようと、いつも気にかけていたのはわかっていました。

共演者もみんな、それに影響されていこう、ノッていこうとしていました。ぼくは、ナレーションという一歩引いたポジションであり、年齢的にも上から二番目とあって、チームの雰囲気づくりを心がけました。

番組は、視聴率がどんどん上がって騒がれましたし、名のある人が声のゲスト出演でスタジオに入れば、若手の声優さんはひどく緊張します。その緊張をほぐす役割も、ぼくにはありました。

いったいTARAちゃんとは、どんな人なのか。すでに本書を読まれた読者の皆さんにはよくわかると思いますが、なかでも本書の「それが大事」という話には、彼女の人柄がよく出ていると思います。

泥酔《でいすい》したとはいえ豪気《ごうぎ》にバイト代の半分を使って仲間におごり、そのうえ清水《きよみず》の舞台からとびおりる覚悟で買ったプチダイヤつき18Kの指輪を友人に惜しげもなくあげてしまった失敗談です。

若いころの酒の上の大失態として面白おかしく書かれていますが、この話にこそ、TARAちゃんという人間のキラリと輝く本質が表れているのではないかと思うのです。

ぼくは三年前の七五歳をもって、声優やナレーションの仕事から引退しました。その少し前でしたか、彼女に「TARAちゃん、年をとったらお金がかかる。だからムダ遣《づか》いはするなよ」などと、年長者ぶって忠告したことがありました。

TARAちゃんは気前がいいんです。飲み食いの時だけではありません。若手の面倒をよく見るし、主宰《しゅさい》する劇団の公演があれば、赤字であっても出演者にはできるかぎりのギャラを払う。

劇団の公演なんて、ただでさえ赤字が出るもの。それなのにTARAちゃんは、ためらうことなく自腹を切るのです。

アニメ『ちびまる子ちゃん』の声の収録は、いつも午後三時頃から三時間ほどでしたから、仕事が終わって飲みにくりだすには、ちょうどいい頃合い。TARAちゃんはお酒が大好きで、みんなでよく行ったものです。

TARAちゃんの酒は「はしご」ではなくて、いきつけの小料理屋さんなんかに、じっくり腰を落ち着けて飲むタイプ。

そしてワインだと、注《つ》ぐのはグラスの3分目くらいが普通なのに、彼女はまるでビールのようにドバドバとこぼれんばかりに注ぐ。で、ぼくがひと口飲めば、すかさず注いできます。

話題は他愛のないことが多かった。お互い演技については話さない。ただ、番組がまだ初期の頃でしたか、まる子のセリフの中身は大人じみているのに、口調が幼稚園児のようだったので、一度だけ「いまどきの小学三年生は、もうちょっとちゃんと喋《しゃべ》るんじゃない？」と言ったことがありました。

彼女は「あ、そうか。じゃあ、もうちょっと……」とうなずいていました。だけど、後になってぼくは悔《く》やんだものです。天才に対して、なんてことを言ったのだろうと。

取材などでメディアの人にTARAちゃんのことを聞かれれば、ぼくは「この人は天才です」とコメントしていましたから。

二〇二四年三月四日、TARAちゃんは急逝《きゅうせい》しました。六月に催された「TARAちゃん ありがとうの会〜たいせつなきみへ〜」で、ぼくは最後に追悼《ついとう》のことばを捧げることになりました。

ぼくより前に弔辞《ちょうじ》を述べられる方がどなたか、どんなお話か、前もって承知しておりません。とにかく自分の思いを短く語りかけようと決めて、笑顔のTARAちゃんの大きな写真を仰ぎ見ました。

「まる子よ、順番が違うだろう。友蔵《ともぞう》が先である。後半へ続く！　じゃあね」

緊張はしませんでした。ただ、おのずと胸に迫るものがあり、感情を抑えるのに苦労しました。

享年六三ですから、TARAちゃんはずいぶんと早く亡くなってしまいました。でも、声優・シンガーソングライター・タレント・劇団主宰・脚本家として、人より何倍も生きた、そう思います。

＊本書は、一九九三年十二月に刊行された単行本『うるうる白書「心のコリをほぐそうよ！」』（三笠書房刊）を文庫化したものです。

うるうる白書《はくしょ》

心《こころ》のコリをほぐそうよ！

二〇二四年一〇月一〇日　初版印刷
二〇二四年一〇月二〇日　初版発行

著　者　TARAKO《たらこ》

企画・編集　株式会社夢の設計社
発行者　小野寺優
発行所　株式会社河出書房新社
〒一六二－八五四四
東京都新宿区東五軒町二－一三
電話〇三－三四〇四－八六一一（編集）
〇三－三四〇四－一二〇一（営業）
https://www.kawade.co.jp/

ロゴ・表紙デザイン　粟津潔
本文フォーマット　佐々木暁
印刷・製本　中央精版印刷株式会社

Printed in Japan　ISBN978-4-309-42142-1

藤子不二雄論

米沢嘉博 41282-5

「ドラえもん」「怪物くん」ほか多くの名作を生み出した「二人で一人のマンガ家」は八七年末にコンビを解消、新たなまんが道を歩み始める。この二つの才能の秘密を解き明かす、唯一の本格的藤子論。

漫画超進化論

石ノ森章太郎 41679-3

石ノ森がホスト役となって、小池一夫、藤子不二雄Ａ、さいとう・たかを、手塚治虫という超豪華メンバーとともに語り合った対談集。昭和の終わりに巨匠たちは漫画の未来をどう見ていたのか？

ギャグ・マンガのヒミツなのだ！

赤塚不二夫 41588-8

おそ松くん、バカボン、イヤミ……あのギャグ・ヒーローたちはいかにして生まれたのか？　「ギャグ漫画の王様」赤塚不二夫が自身のギャグ・マンガのヒミツを明かした、至高のギャグ論エッセイ！

江口寿史の正直日記

江口寿史 41377-8

「江口さんには心底あきれました」（山上たつひこ）。「クズの日記だこれは」（日記本文より）。日記文学の最低作「正直日記」、実録マンガ「金沢日記」、描き下ろしの新作マンガ「金沢日記２」収録。

花咲く乙女たちのキンピラゴボウ　前篇

橋本治 41391-4

読み返すたびに泣いてしまう。読者の思いと考えを、これほど的確に言葉にしてくれた少女漫画評論は、ほかに知らない。――三浦しをん。少女マンガが初めて論じられた伝説の名著！　書き下ろし自作解説。

花咲く乙女たちのキンピラゴボウ　後篇

橋本治 41392-1

大島弓子、萩尾望都、山岸涼子、陸奥Ａ子……「少女マンガ」がはじめて公で論じられた、伝説の名評論集が待望の復刊！　三浦しをん氏絶賛！

著訳者名の後の数字はISBNコードです。頭に「978-4-309」を付け、お近くの書店にてご注文下さい。